2019

문파
대표
시선
41

초판 발행 2019년 11월 11일
지은이 지연희, 백미숙, 박하영, 탁현미, 임정남 외

펴낸이 안창현 **펴낸곳** 코드미디어
북 디자인 Micky Ahn **교정 교열** 오재령

등록 2001년 3월 7일
등록번호 제 25100-2001-5호
주소 서울시 은평구 갈현1로 318-1 1층
전화 02-6326-1402 **팩스** 02-388-1302
전자우편 codmedia@codmedia.com

ISBN 979-11-89690-19-9 03810

정가 12,000원

2019
문파
대표
시선
41

2019년 **문파**문학에서 선정한 대표 詩選

지연희, 백미숙, 박하영, 임정남 외 지음

푸른 초원의 때 묻지 않은 풀꽃이다

궁극적으로 문학은 텅 빈 공허의 가슴에 주유하는 정서의 에너지이다. 이상적인 삶을 살아가기 위한 푸른 초원의 때묻지 않은 풀꽃이다. 세상 질퍽한 모순에 매이지 않고 순연한 행복에 이르는 마중물이 아닌가 생각한다. 감동적인 시 한 편으로 세상 무엇과 비견할 수 없는 행복을 느끼게 될 때 어떤 고뇌의 아픔도 아무런 의미가 되지 않는다는 것이다. 가슴 환한 이름 알 수 없는 아름다움이 전신을 휘도는 기쁨으로 가득해진다. 시문학은 언어의 재료로 짓는 장미꽃처럼 신비로운 향기를 품속에 내장하고 있어 감동이라는 선물을 동반한다.

비록 경제적 수익은 보장받지 못하지만 황홀한 기쁨이 있어 미지의 늪 속으로 대책 없이 빠져든다. 문파문학의 회원 모두가 지닌 '시인'의 영혼들이 바로 그와 같은 견지에서 한국시단의 일원으로 활동하고 있는 것으로 안다. 문학은 영리를 목적으로 삼지 않는다. 그저 한 문장의 시어로 배가 부르

시인, 문파 발행인 | 지연희

고, 한 문장의 시어로 세상을 얻는 행복으로 자유롭다. 우리 모두 마음의 풍
요로 살아갈 수 있다는 것은 '시인'이라는 이름을 부여받았기 때문이다. 금
빛 햇살을 머금고 유유히 흐르는 저 시냇물처럼 맑은 숨소리로 내일을 맞이
했으면 하는 바람이다.

　혁신호 출간의 비장한 용단으로 회원 여러분의 마음에 부담을 드리고 있
는 것은 사실이지만 현재 계간 『문파』 문학은 한국 문단에 훌륭한 문학지로
평가받고 있어 보람을 느낀다. 머지않아 더 기쁜 일들이 우리의 노력에 응답
하리라는 생각을 한다. 그만큼 회원 여러분의 문학적 성과도 성장해야 한다
는 바람이다. 좋은 글은 어떤 아름다움보다 향기롭다고 한다. '오늘보다 나
은 내일'을 지향하고 있는 문파 회원 여러분의 빛나는 작품 생산과 문운을
빈다. 문파시선집이 언제 출간되느냐고 묻는 소중한 독자들께 감사드린다.

마음의 풍경은 정신의 자화상이다

　　　　남서풍에 향기가 실려 오고 밤하늘에 별자리 바뀌는 이맘때에는 늘 아름다움이 더욱 찡하게 밀려오고 어떤 맑은 날입니다. 흰기러기 떼 날아가는 풍경은 숨이 막힐 만큼 눈 가득하고 귀뚜라미 울음소리에 시는 마구 가슴 끝으로 밀려옵니다. 안개 속에서 그림을 만들고 끊임없이 감성과 이성을 교차하면서 걸어갑니다. 시인은 일상생활에서 마음의 풍경을 정신적 자화상이라 생각하며 세월의 고통과 비애와 번뇌를 나열하고 있습니다.

　　혁신호 계간 『문파』는 벌써 2주년이 지나 문단의 중요 문학지로 평가받고 있습니다. 날개를 단 것처럼 매호 성장하고 있습니다. 새파란 하늘 목소리를 낮춘 풀벌레들 불어오는 바람에 기분 좋게 들립니다. 예년보다 조금 이른 가을을 맞이하여 어쩌면 정신없이 바쁜 문파처럼 가을맞이를 하고 있습니다. 어느새 더 높아진 파란 하늘은 계절의 감동입니다.

문파문학회 회장 | 又敬堂임정남

　소박하고 담백한 시들은 하얀 눈처럼 곱고 은은하게 빛나는 화려하게 뽐내지 않는 품위가 돋보이는 詩를 쓰려고 우리 모두 노력하고 있습니다. 우연인지 필연인지 선생님과 회원 여러분을 만나 순수한 열정 하나로 시를 쓰기 시작하여 이 자리에 서 있습니다. 되돌아보면 삶의 간절한 기도처럼 마음에 날개가 되어 뜨겁고 투명한 이야기처럼 조용한 의미를 음미하면서 함께하고 있는 회원 모두를 존경합니다.

　문파 회원 여러분! 시작은 어제 같은데 올해도 문파대표시선집을 출간하게 되어 기쁩니다. 매해 회원 여러분의 영혼의 흔적들인 깊은 정서의 詩로 함께 태어날 수 있어서 행복합니다. 독특한 모습으로 빛나는 색깔로 맞이하는 2019년 문파시선집 출간을 축하드리며 더욱 분발하시기 기원드립니다. 항상 여러분과 함께해서 고맙고 감사합니다.

contents

contents

contents

✤

출렁이는 은빛
지느러미의 꿈

어   깨

이 쭈그러진 속에서

회   광

남 주 동   2 6 번 지

저 녁   무 렵

지연희

충북 청주 출생. 『월간문학』 『시 문학』 신인상 당선 등단. 한국문인협회 수필분과
회장, 한국여성문학인회 부이사장 역임, 국제PEN클럽 한국본부 자문위원, 한국
수필가협회 이사장 역임, 문파문인협회 이사장, 계간 『문파』 발행인. 저서 : 시집
『그럼에도 좋은 날 나무가 웃고 있다』 외 7권, 수필집 『씨앗』 『식탁 위 사과 한 알
의 낯빛이 저리 붉다』 외 12권.

어깨

젖은 바닥으로
흥건하게 떨어진 어깨가 흔들리고 있다.
미친 광풍의 파도가 출렁일 때마다 기우뚱거리는 배
구멍 난 바닥 속으로 스며드는 빗물이
얼어붙은 바닥의 온기를 쓸고 있다
단숨에 달려드는 포악한 짐승의 속도에 맞서
지켜낸 두 살 박이 아기천사의 목숨값으로
석고상처럼 병상에 누워 있는 어미의 머리맡에 앉아
막 흙을 비집고 돋아난 꽃잎이, 엄마의
입술을 열어 조근 조근 먹이를 쪼아 포개고 있다
제 입에 넣어 다독인 생명을 버무려 나르는 입술
두 살 아이가 엄마를 업고 있다
봄 햇살로 받아 삼키는 어깨가 흔들린다
하늘엔 종일 퍼 나른 상처의 흔적
희미한 낮달을 버짐처럼 피워내고 있다

이 쭈그러진 속에서

한 뼘 남짓한 혹은 반 뼘의 우주
물과 물들이 스크럼을 짜고 흐르는 물컹한 숨소리
직선으로 꼿꼿한 등뼈 뻗어내고 있다
둥근 웅덩이 밖으로 날갯죽지 곧추세워
생명은 '도도하게'라고 지저귄다
출발선에 서서 카운트다운 기다리는 부리들
물컹함 속 물컹함으로 날아오르는 깊은 잠의 뿌리는
새 부대를 깁기 위해 소란스레 시간을 다듬고
시냇물은 한 점의 여분도 용납하지 않아 혼자 흐른다
창조주가 지으신 샘과 샘이 흐르는 거대한 산맥
겨울 둥지는 잃어버린 과거를 지피느라
앙상한 뼈대만 꼿꼿하게 키우는데
봄날의 살아 숨 쉬는 것들은 모두 싱싱하다
초원을 나르는 물컹한 것들의 후예

회광恢廣

살갗에 비단 자수를 저미어 놓았다
수억만 작열하는 빛살의 촉으로 뿌려낸 옥빛
엷은 춤사위의 물 깃을 잡고
뒤척이며 도란거린다
잠잠히 솟구치는 반짝임, 일몰 직전의 유희
시절을 넘어 더 나은(拏銀) 내일을 꿈꾸며
비워진 그물을 수평선 위에 띄우고 있다
출렁이는 은빛 지느러미의 꿈
입춘 걸음의 느닷없음으로
서녘 바람의 치맛자락을 흔든다
숨 막히는 사막의 모래바람을 뚫고,
그린란드의 혹한을 딛고 일어선
광채

더 이상 부풀지 않을 꽃잎으로
더 이상 꿈꾸지 못할 꽃잎으로
화석처럼 살아나는 꽃이다

남주동 26번지

숨의 시작이었으므로, 평생 뒤돌아 가 닿고 싶은 종착역의 씨앗
무시로 기억의 사슬에서 벗어나기 어렵던 이름의 날것이었다
그때, 나는 미세한 흔들림이었고 울컥거리는 바닷물의 반란이었다
한 점의 숨으로 지느러미를 키우던 우래 같은 태동을 동반한 비
수였을까
붉은 장미 흥건한 산실의 신비, 유리 상자 속의 꽃이었다
그곳 대청마루 흔들의자 아버지는 갓 태어난 물고기 한 마리를 품
에 안고
풀꽃 같은 세상을 꿈꾸다가 지워졌다. 초록 바람이 불어오고
한달음에 가깝고 먼 시간의 사슬에 매어 나이테는 수많은 계절을
삼키고
나는 깊은 강물을 거슬러 오르곤 한다, 한 마리 물고기가 울고 있
던 시절
앙상하게 마른 추억마저 저무는 빈집, 이정표를 세기고
밤이면 작은 소반 위에 꽃씨를 뿌린다,
붉게 피어오르는 내 목단화의 집 굴뚝에는 수시로
눈물로 기운 한 폭의 노래가 연주되고 있다
폐허의 빈집 위에 짓는 나의 현주소는 진행형이다
뜨거운 핏빛 온도로부터 시작된 갈망의 늪

저녁 무렵

꽃잎 위에 내려앉은 순한 햇살처럼
어느새 옷깃 사이로 스며들었을까

좀체 가시지 않는 꽃의 미로
한 걸음 비켜서면 두 걸음 다가서고
돌아서 등 돌리면
다시 또 등을 잡는 사과 향기
공원 가득 묻어나는
시간의 늪

숲 사이 나무들 뻗어난 길을 지키며
숲 사이 안개 자욱한 길을 간다

✤

거둬지지 않는 안갯속에
망각으로 묻어버리고

연꽃들은 대기 중

자 욱 한 안 개

여름의 마지막 비

바다에 또 왔습니다

뜨거운 레몬차 한 잔

박하영

전남 함평 출생. 『창조문학』 시 부문 신인상 당선 등단. 현대수필, 분당수필 회원.
창시문학회 회장 역임. 문파문학회 고문. 수상 : 창시문학상. 저서 : 시집 『직박구
리 연주회』 『바람의 말』

연꽃들은 대기 중

방죽에서 나온 연꽃들은 고향을 잃었다

잠시 그곳에 묶여 어디론가
팔려나갈 행색을 하고
누가 먼저 팔리나 대기 중

좋은 임자 만나 팔려간다 해도
자기 태어난 방죽만 할까
그곳은 잠시 불안한 거처일 뿐
짧게 생을 마감할 수밖에 없다

연꽃은 자기가 태어난 연방죽에 있어야지
제 목숨대로 사는 거다
고향을 잃은 객이 되면
이방인이 되어 처량하다

자욱한 안개

세상은 막막한 안갯속
가늠할 수 없는 그곳

아무리 달려가도 보이지 않는 거리
멀리서나 가까이서나 자욱한 거리

좁혀지지 않는 너와 나의 거리는
지독한 안개 속만큼 멀기만 하다

거둬지지 않는 안갯속에
망각으로 너를 묻어버리고
차라리 눈을 감는 수밖에

여름의 마지막 비

여름을 몰아가는 비가 온다
무더위를 식히며 갈증 나던 대지를
적셔주는 사랑의 비가 온다

들끓던 대기 가스
폭발 직전임을 알고
억수로 쏟아붓는다

여름내 이글거리던 태양 자숙하라고
폭염에 쓰러져간 영혼들 달래주듯이
시원한 빗줄기 가슴을 때린다

살인 더위에 떼죽음 당한 닭이며 오리
적조에 폐사 당한 수십만 물고기 떼
하늘의 눈물인 듯 비가 온다

모든 걸 식혀주고 잠재워주고
지상의 모든 오물과 쓰레기까지도
깨끗이 씻어가는 청량제 같은 비가 온다

바다에 또 왔습니다

바다는 자꾸 나를 부릅니다
뭔가 나를 잡아끄는 끄나풀이 있어
자꾸만 바다 쪽으로 썰물처럼 빠져듭니다
모래사장엔 숱한 발자국이 지나갔고
날마다 파도는 밀려와 발자국을 지웠습니다
갈 때마다 지나간 발자국을 찾았지만
영영 찾을 수가 없었습니다
파도는 늘 먼발치로 달려와 천둥 치듯
흰 물거품을 튀기며 달아났고
내 심장은 평정을 잃고 무너져 내렸습니다
오늘도 파도는 하얗게 기세를 드높이며
무지막지 달려와 산산이 부서지고 맙니다
지나온 발자국까지 흔적 없이 지우는
바다의 무서운 위력 앞에
덧없이 빠지려고 또 왔습니다

뜨거운 레몬차 한 잔

난 당신께 뜨거운 레몬차 한 잔을 드립니다
향기도 그만이고 맛도 상큼한 레몬차를
천천히 음미하며 삼키노라면
아 인생은 이런 맛이 있어
괜찮은 거구나 하실걸요
마음에 근심 걱정 쉬 날려버리고
레몬 맛처럼 새콤달콤 인생도 그렇다고
고갤 끄덕일걸요

이 차 한 잔으로
가슴 가득 밀려오는 따뜻함을 맛보세요
가슴 가득 시원해지는 상큼함도 맛보세요
너무 머리 싸매지 말고 찌푸리지 마시고요
인생 별거 아니거든요

✿

빛 잃어 지워진
어둠으로 다시 그린 사랑

암　　　　　전

이　율　배　반

이　별　자　리

회　　　　　안

메타세콰이아 길

전영구

충남 아산 출생. 『문학시대』 시 부문 신인상 당선 등단. 『월간문학』 수필 부문 신인상 당선 등단. 사)한국문인협회 감사, 사) 한국수필가협회 회원, 가톨릭문인회 회원, 대표에세이 회원, 경기시인협회 이사, 경기수필가협회 편집위원. 저서 : 시집 『뉘요』 외 4권, 수필집 『뒤 돌아보면』. 수상 : 제2회 문파문학상, 2017 한국수필 올해의 작가상, 2018 수원문학인상, 백봉문학상.

암전

가까우면서도 비밀스런
느낌이 없이도 눈물겨운
신비에 젖어도 하찮은, 그런

버림조차 헐뜯기고
존재조차 엉켜버려
숨결조차 미미해진, 그런

열기마저 사라진 폐허
미처 쓸어 담지 못한 후회
다짐으로 얼룩진, 그런

빛 잃어 지워진
어둠으로 다시 그린 사랑

이율배반

감정 닫고 산 시간들이
옹이 진 슬픔으로 튕겨져 나와
맑은 영혼이라도 되자던 약조마저
온기 없는 마음 가지에 내 던져버리고
출구 없어 머물던 그대 안에
빛바랜 다짐만 가득 꽂아놓고
돌아서서 미친 듯이 웃는다

사랑했다는 우격다짐과
사랑한다는 절실함이
합의점도 못 찾은 서러움에
짐승 같은 신음소리만
앙다문 속내에 감추고
누구 때문이라는 탓보다
그대 때문이라는 원망이
밀물처럼 밀려오는 까닭도 모른 채
사는 이유를 찾아
삶의 무게 가득한 걸음만
방향 잃고
방황 중이다

이별 자리

지친 귀로
슬픈 발걸음이 주저앉고
허술한 하루의 부스러기들이
눅눅한 불빛 아래로 버려진
햇빛 삼킨 어둠의 자리

우화 같은 사연이 담긴 눈길이
안경의 비호 아래 피신을 하고
고즈넉했던 심장을 때리다 지쳐
빈 가슴을 헤집고 다녀도
거침없는 절교는
타이머에 운명을 건 불빛처럼
남루해진 자리

가슴에 영그는 미움이
그리움이란 씨를 뿌려놓은
그 자리

회안

쉼 없는 여정에 치인
사랑을 짊어지고
불안한 눈빛을 달고 지내던
후회라는 영욕의 시간들이
여지없이 눈물을 생성해 낸다

크로키로 그려야 하는 희미해진 기억이
뇌리 가득 붐비는 허무를 걷어 가고
사랑 담근 효소가 풍기는 향내 때문에
원망이 머물 자리에 지워지고 있다

욕심이 불러온 재앙 같은 사랑이
여유를 가장한 혼돈을 다독이며
회안의 미소를 짓고 있다

메타세콰이아 길

사치스런 허우대로
격식 갖춘 의장대 사열하듯
촘촘히 늘어선 그 아래
미동 없는 그늘막에
일그러진 하루를 펼쳐놓고
해답을 기다리다 지쳐 누운 오후
잠시 실눈을 닫고
콧노래 끌어들여 여흥을 즐기려니
이른 삭풍이 온다는 비보에
위축된 침엽의 기세는
간간히 스며드는 녹 향이 다독여도
쭈빗하게 곧추서서 몸서리친다

이러려구
다 내려놓고 숨 고르며
눈치 본 건 아닌데
나를 잃고 위안을 주운 길가엔
심란한 발걸음만 더디 오간다

✿

내 삶이 아직도 가지에 매여
흔들리고 있다

스타벅스와 사이렌

아르페지오네 소나타

11월이 끝나는 날에

무　　화　　과

아 ． 목 동 아

장의순

『문학시대』 시 부문 신인상 당선 등단. 한국문인협회 회원. 시대시인회 회원. 용인문인협회 회원. 시대시인회 회원. 창시문학회 회장 역임. 문파문학회 운영이사.
저서 : 시집 『쥐똥나무』 『아르페지오네 소나타』

스타벅스와 사이렌

지그시
정신을 자극하는 검은 카페인의 향기

스타벅스의 찻집 창가에 앉아서
손에 든 따뜻한 컵을 찬찬히 본다
왕관을 쓴 머리 긴 여인
사이렌*
그녀의 아름다운 노랫소리에 홀려
물귀신이 되었던 뱃사람들
신화 속의 그녀는 이제 불새가 되어
커피의 향으로 변신하여 세상 사람을 유혹한다

사이렌
스타벅스는 왜 이 여인을 상호의 상징으로 삼았을까
신화는 죽지 않고 영원하기에―
쫓기듯 지쳐있는 현대인은 긴장의 끈을 조절하고
초자연적인 신화 속에서 삶을 음미한다

사이렌
쭈빗한 울림
그녀의 이름을 경보음으로 사용한 지도 오래다
……
그녀는 지금 우리의 연인처럼 곁에 와 있다.

―――――――――
* 사이렌:그리스 신화의 반인반조(半人半鳥)의 바닷속 요정.

아르페지오네 소나타

당신으로 인해 영원히 추억될
이제는 세상에 존재하지 않는 악기
당신이 아니었으면
어찌 아르페지오네*의 이름이
지금 인간의 기록 속에 또렷이 남아 있을까

나는 아르페지오네
세상에 태어나 짧은 생애를 마친
고만고만한 현악기였지
억겁의 인연 속에서
고작 31년을 살다간
천재 슈베르트를 만난 것은 참으로 행운이었어

아르페지오네 소나타*
생명의 소리를 만들어준 匠人의 魂이 위로받을 것이요
낙엽 휘날리는 가을날
감미롭고 중후한 저음 악기의 선율에는
낭만과 우수와 비애가 묻어있는 당신의 예술혼이
나의 목소리로 오롯이 담겨져 있네요.

---

* 아르페지오네 : 19세기 초에 쓰인 첼로와 비올라의 중간 현악기
* 아르페지오네 소나타 : 슈베르트가 작곡한 소나타

11월이 끝나는 날에

달랑 한 장
벽에 붙은 달력은 오 헨리*의 마지막 잎새
병든 여인을 위해 밤새워 자신의 목숨과 바꾼
늙은 무명 화가의 벽화
세찬 겨울바람이 불어와도 떨어지지 않을 터
12월이 끝나는 날엔
우리는 마지막 잎새를 떼내야 한다
365일 지난날이여 안녕
365일 다가올
새로운 날들을 위해 기도하자
내 삶이 마지막 잎새가 될 때까지
내 삶이 아직도 가지에 매여
흔들리고 있기에.

---

* 오 헨리(O, Henry 1862~1910) : 미국의 단편 소설가

무화과 無花果

성경에 자주 나오는 무화과는
이스라엘의 멸망과 이천 년만의 건국을 예언한 예수님의 과실나무
다. 아담과 이브가 무화과를 먹고, 발가벗은 자신의 알몸을 보게 되었
고, 부끄러워 무화과 잎으로 앞을 가렸다. 꽃도 피우지 않고 열매를 맺
어 무화과라고 이름 붙여졌다.

실은 세상에 無花果는 없다
몸체 안에서 꽃을 피워 좀벌을 불러들이고,
아무도 모르게 완전한 열매로 익는다

성녀 마리아도 같은 이치가 아니었을까
동정녀의 몸으로 예수를 잉태해서 탄생시켰다는 것
생물학적으로 있을 수 없는 일이다
예수를 神의 아들로 만들기 위한 인간의 비밀한 각본이 아니었을까

사막 속의 유태 민족에겐 무화과는 꿀이 흐르는 복주머니였다

팅팅 부른 어머니의 젖꼭지 같기도 하고
하트 모형 같기도 하다
반으로 쪼개니
순한 붉은색의 과육이 이글거리듯 꽉 차 있다
달콤하고 말랑말랑해서 저세상에 계신 어머님 생각이 난다.

아, 목동아

만추의 산울림으로 되돌아오는
테너 색소폰의 여운
까마득히 가버린 날을 추억한다

학창 시절의 음악 시간
풋내기의 자존심을 한껏 올려준
아, 목동아*는 신선한 충격이었다
그때부터 그 목동은 내 이상속의 영원한 연인으로
자리 잡혀갔다
허밍으로도 부르며 성숙했다
헌책방에서 빌린 책을 밤새워 읽었다
……
아, 목동아
늘 목마르게 불러 봤지만
은발이 되어가는 지금까지도
그 목동은 나타나지 않았다.

---

* 아, 목동아 : 아일랜드 민요

최초의 원소가 될 것 같은 뜨거움에
순순히 벗고 벗은 그런 사랑

결 혼 은   독

엄마를 버렸다

원   탁

열   대   야

어디에도 소속되지

못한 난 누구인가

김안나

『한국문인』 시 부문 신인상 당선 등단. 『한국수필』 신인상 당선 등단. 사) 한국문인
협회 이사. 사) 한국문인협회 용인지부 부회장. 계간 『문파』 사무차장. 저서 : 시집
『오래가는 법』 외 4집.

결혼은 독

꿈의 허물을 벗고
꽃뱀 혹은 능구렁이가 되어
생각에 또아리를 틀고 있는 것

뿜어내는 독의 조준점 세밀히 살피며
방심의 빗나간 것들로 치명상 당하지 않게
긴장의 줄을 잡고
내성이 생길 때까지 기다려야 하는 것

물고 물리며 삽투압의 공평 관계가 될 때
비로소
무엇에도 허물리지 않을 인랜드 타이판*의 성 하나 짓는 것

---

* 인랜드 타이판(inland taipan) : 공식적으로 세계에서 가장 강한 독을 가진 뱀

엄마를 버렸다

거짓말하면 안 된다
함부로 행동하면 안 된다
욕심부리면 안된다는 엄마의 마침표

잠이 오그라들어도
식은 밥 한번 주지 않고
풀린 한 올도 허술하지 않게 꿰매줬던
엄마의 행복은 정사각형

부뚜막에 쪼그리고 앉아 데운 신발
문소리보다 먼저 달려와 신겨준 온기는
교실까지 따라와 따스했던 그 겨울
한강이 두껍게 얼었다는 뉴스도 밀쳐버린
홑겹의 엄마

내 배 불룩해질 때까지
허공을 돌던 느린 수저질
그런 줄 알고
그래도 되는 줄 알던 이탈한 버르장머리
투정의 폭포 쏟아부어도
빙긋 미소 지으며 나만 바라보던 백치

반질한 잇몸으로 시간을 하나하나 우물거리며

몇 조각 녹음기처럼 말하는 엄마가 낯설어지기 시작할 때
요양원에 가야 내가 살 수 있다고
거기 가 있으면 매일 가겠노라는 말
하얗게 믿어준 눈치 구십 단 엄마

내 걱정 말고 너만 건강하게 잘 살면 돼. 여기 참 좋구나
등 떠미는 새빨간 마침표 후다닥 밟고 나온 뒤
느려지는 수저질
줄어드는 잠
수없이 얼음물 들이켜도 식지 않는 불덩이 앞을
함묵증 엄마가 배회하고 있다

원탁

생산의 능력도 노동의 향상도 잃어버리고
소소한 꼬투리 중요한 의제처럼
되새김질하는 늙은 소의 혓바닥

코에 걸면 귀걸이
입에 걸면 코걸이
귀에 걸면 입걸이
듬성듬성 차려놓고
엉성한 법칙에 으르렁거리는 수저들

오늘의 식탁에는 무슨 먹거리가 올라올까
돌리는 꼬락서니 앞에
삐질 삐질 숟가락 하나가 또 기어오른다

열대야

숨결 닿는 곳마다
최초의 원소가 될 것 같은 뜨거움에
순순히
벗고
벗은
그런 사랑 있지

잠도 버리고
갈증 난 숨 헐떡거릴 때마다
배어 나오는 땀방울이 달콤한 적 있지

몽롱한 새벽이 눈 비비며 돌아누우면
찐득하게 달라붙는 퀘퀘한 체취
슬그머니 밀어내며
괜한 불쾌지수 높일 때
사라져 버린 상쾌한 사내 하나 있지

어디에도 소속되지 못한 난 누구인가

각각의 얼굴들
각각의 걸음들
획
스친다
의식 없이

메탈의 핏줄 이어진다
와르르 끊어져 사라지는 무리의 고리
함께라는 의미 없는 희망
획
지나간다
투명 인간처럼

사랑했으므로 슬픔을 알았고
슬픔으로 사랑을 알게 되었다

가을 숨소리

동의어

때로는

빈 잔의 여유

물빨래를 좋아하는 그 여자

백미숙

『한국문인』 신인상 시, 수필 등단. 한국문협이사. 문파문학명예회장. 한국문인상임이사 역임. 한국수필부이사장 역임. 국제pen클럽회원. 문학의집·서울 회원. 여성문학인회회원. 수상 : 새한국문학상, 한마음문화상, 문파문학상 외. 저서: 시집 『나비의 그림자』 『리모델링하고싶은 여자』 외, 공저 : 『한국대표명시선집』 『문파대표시선집』 『성남문학작품선집』 외.

가을 숨소리

굳은비 내리는 늦가을
단풍잎이 떨 어 진 다
발밑에 구르는 잎들
타버린 불꽃 같던 가을 숨소리
날은 어두워지고
슬픔에 가슴이 저 린 다

스산한 바람 날리는 늦가을
은행잎이 떨 어 진 다
잎은 떨어져 흩날리고
바람이 껴안고 달려온 세찬 비
은행잎을 적시며 사라지니
으스스 움츠린 가슴이 운 다

노란 향기 가득한 들국화
꽃잎이 날 아 간 다
바람에 흐느끼며 떨리는 눈매
조개구름 펼쳐놓은 찬 서리에
눈물 흘리며 아파하며
가슴에 묻어둔 채 잊어야 할 세월

아, 기어코 이 가을도 가는구나

동의어 同意語

정남향과는 다르다
난로를 피워도 북서향은
얼음을 뿌려 놓은 듯 몸이 시렸다

그러나 딸의 첫 돌날은
봄 햇살이 거실 깊숙이 울렁거렸다
사랑의 전류가 온 몸을 휘감았다
정남향 햇살이 가슴에 듬뿍
봄이 아닌데도 봄날 이였다
봄 햇살 하나 덧대고
정남향으로 마음에 겹창이 생겼다
집안이 환했다

그러나 어느 해 4월
불현듯 어머니 세상 떠나신 날
찬바람에 코와 귀를 싹 뚝 짤 린 강아지처럼
눈 내리는 벌판에 버려진 듯 슬피 울었다
봄인데도 집안은 살얼음으로 가득 찼다
그날은 북서향으로 마음에 홑창이 생겼다

사랑과 슬픔은 동의어였다
사랑했으므로 슬픔을 알았고
슬픔으로 사랑을 알게 되었다

때로는

미워할 때 보다 사랑할 때가
때로는,
소금에 절인 배추처럼 가슴이 더 아리지만
그럴 때는
밤하늘에 반짝이는 별을 세어본다
마른 풀잎처럼 금방 부서질 것 같은
거울 속 얼굴을 들여다보면서
때로는,
살얼음 헤치고 웃는 복수 초 꽃처럼
입을 벌리고 노랗게 웃어본다
삶과 죽음의 언저리에서 허우적거리며
목젖 너머 새까만 울음이 그렁그렁 차오르면
때로는,
탁자 위에 앉아있는 크리스털 꽃병을
와장창 깨어 버리고 싶어진다
그래도
이른 아침 창문을 두드리며
반짝이는 얼굴로 해님이 들여다보면
흠뻑 젖은 손수건을 몰래 감추며
압력밥솥에 스위치를 꼽겠지

빈 잔의 여유

비어있는 술잔과 마주 앉아
빈 잔의 여유를 느껴본다

무엇을 마셔볼까
무엇으로 채울까
흘러가는 구름의 등에 생각은 실어 보내고
마음속 빈 서랍만
열었다 닫았다 되풀이 한다

세 살짜리 애완견 방울이를 끌어안고
바람 불어 덜컹거리는 창밖을 보며
속절없이 뭉크러질 듯
툭툭 떨어지는
목련꽃을 바라 본 다

텅 비어있는 물 항아리처럼
멍 때리는 여유를 부리는 봄날
빈 잔을 마주하고 앉아있는 이 시간이
이토록 행복한 순간인 것을
이토록 평화로운 시간인 것을

물빨래를 좋아하는 그 여자

스무 살 적 머리카락 헹궈내듯
물의 기억 치렁치렁하게 우거져
세탁소 유리문에 물세탁 환영이라 써 붙여놓았다
덕장의 명태처럼 등뼈까지 쫙쫙 뻗어보는 옷들이
차분차분 말라갈 때
양재기처럼 아낙들의 쟁쟁한 수다가 모여드는 오후
얼핏 옷섶 사이로 두둑한 그 여자의
젖무덤이 정다운 이웃 아낙들이
흉허물 없이 자기를 꺼내놓는다

창밖으로 오십 중반의 기차가 지나간다
그런데, 그 여자가 이상하다
서릿발 살짝 내린 사내가
와이셔츠 맡기느니 찾느니 들락거린 것뿐
세탁소에 바뀐 풍경 하나도 없는데
생강나무도 목련꽃도 움트기 전인데
온갖 봄꽃을 마주보는 벽 위에 그려놓고
단내 훅훅 뿜어내는 스팀다리미처럼
얼굴에 복사꽃 활짝 피어있는 그 여자,
붉은 꽃 그림자 가슴에 출렁거린다

❋

뜨거워지는 사각 침묵,
알을 품는다 점을 품는다

| 방 |
| 붉은 광장 |
| 피아니시시모 |
| 말이 멈춘 자리 |
| 와 인 잔 |

한윤희

2005년 『문학시대』 등단. 시집 『물크러질듯 물컹한』, 동인지 『숨비소리』 『열 한개의 페르소나』 외 다수. 한국문인협회 서정문학위원, 계간 『문파』 편집위원.

방

방, 이란 말이 순식간 벚꽃처럼 피어나
면과 면, 꽃과 꽃, 은밀한 점 하나 떠 있다
연분홍 빛살 옷처럼 점을 입는다
몸통을 감싸는 내밀한 사각 온기
창틈으로 비집고 들어오는 오래된 바람
뜨거워지는 사각 침묵, 알을 품는다 점을 품는다
사물과 공기와 문장들 균열 일으키며 발아를 시작한다
낫낫해진 말들 알 깨고 흘러나와 벽에 부딪히고 깨져
다시 일어서서 하얀 벽 어깨쯤에 머물러
꽃잎들은 뿌옇게 흐트러져
점은 아직 밖으로 나가지 못하고

씨를 품고 있는
방,

방은 점을 낳는다

붉은 광장

에릭 사티*
의 열 손가락이 느리게 움직인다

오후 여섯 시
광장에 사람들이 모여들기 시작한다
활과 현 들고나와 의자 펴는 남자
긴 퍼머머리와 현을 건드리고 가는 주홍빛 손가락
가장 낮은 음 길게 길게 흘러드는 도시
비애의 가는 곡선

간헐적으로 침이 고인다
접어논 페이지는 접히고 또 접혀

서방으로 몰리는 입들 차마 문 열지 못하고

아트만지는 이미 붉게 번져가고 있다

이 악보는 어디로부터 온 것인지

---

* 에릭 사티 : 랑스 작곡가이자 피아니스트

피아니시시모

길을 잃었다
집으로 돌아가는 길 보이질 않아 돌고 또 돌아
와이퍼가 밀어낸 빗물 가장자리

무연히

소리 나는 쪽으로 신발 벗는다

몸 젖어 영혼이 눅눅해지기 시작하면
빗길에 다른 길을 트고 사려니 젖은 숲속을 헤맨다
빗물처럼 고이는 비릿한 육체
다섯 개의 창으로 밀려들어 오는 신들의 긴 변주
계단마다 터질 듯 붉어지는 침묵,
몸이 뜬다

피아니시모,
피아니시시모,
피아니시시시모,

여기서
다시, 길을 잃으면 안 되나

말이 멈춘 자리

하늘도 피우는 것인지
그래서 여름은 밤새
그렇게 뜨겁게 긁적이고 있었던 것인지

폭염을 견딘 하늘
꾹꾹 참았던 말을 피워낸다
알아들을 수 없는 말, 그 신비를
읽으려 귓바퀴는 뻣뻣해지고
까미유가 혼나간 듯
어둠 속에서 가죽가방에 진흙을 퍼 담을 때
처럼 숨이 멈춰지고
너의 가방엔 짐노페디*의 음표 흐르고 흘러
바닥에 닿고 있는데

땅 위엔
방향도 없이 컨베이어 벨트 위를 걷고 있는 사람들
날개 달린 사람들

---

* 짐노페디 : 에릭 사티의 대표 피아노곡

와인잔

　어디에 놓아야 할지 어디를 잡아야 할지 모르겠어 바닥은 편편해야 되겠지 한 톨의 모호한 조각이라도 있는지 잘 살펴야 돼 엄지의 말과 검지의 말만으로도 가느다란 목은 불끈 뜨거워지지 볕 잘 드는 따뜻한 자리면 좋겠어 바람도 불지 않는 자리여야 해 혹, 말이라도 시키려 입을 열면 입김만으로도 금이 갈 수 있어 가엾게도 이미 생의 질곡들이 손금처럼 번져 있는 걸 얇은 혀 위에 포도빛 달콤한 말만 따라주고 그네 태워주듯 휘이휘 가볍게 돌려주며 스스로 내려앉을 때까지 다리 접고 허리 꼿꼿하게 세우고 기다려야 해 금이 가기 시작하면 깨지고 다치고 흘리고 결국엔 붉은 피까지 사방으로 흩어져 지워지지 않는 불길한 무늬를 남기지 그저 슬픈 눈빛으로 조심스럽게 바라볼밖에

따듯한 목소리가 손가락 마디에서
묻어 나온다

그 림 자 놀 이

쌓   인   다

다   가   온

운산
최정우

경기 안성 출생. 2005년 『한국문인』 시 부문 신인상 당선 등단. 문파문인협회 사무국장. 국제펜클럽 회원. 한국문인협회 선임회원. 문협 60년사편집위원. 동남문학회 회원. 수원시인협회 회원. 수상 : 제9회 동남문학상. 저서 : 공저 『시간 속을 걸어가는 사람들』 외 다수. e-mail : cjw3797@hanmail.net

그림자놀이

끊어진 선 하나에 손가락이 놀고 있다
벽에 비추어진 그림자가 손안에 있다
늘 그랬던 것처럼 삶이
손가락 다섯 마디에 갇혀 있다
손톱을 키우던 그림자가
손가락으로 송곳니를 만들었다
이빨의 특징으로 먹어 치운다는
그림자는 흔적을 남기지 않는다
손안에서 검게 타는 손

비 오는 날에는 경계가 없다
아무것도 없는 기다림 속에 몸을 누였다
또 다른 몸이 따라 누웠다
그림자에 갇혀 있는 나를 본다
기다린다는 위선된 시간이 흘렀다
홀로 존재할 수 없는 아픈 그림자
희미하게 빛을 따라 멈추어 섰다
생각 없이 손바닥으로 만져 본다
따듯한 목소리가 손가락 마디에서 묻어 나왔다

손을 쥐어본다
경계가 없는
선 하나가 그림자에 매달려 있다

쌓인다

사막을 걷기 전에 목마름이 시작되었다
예수가 걸었다던 사막이 발 속으로 들어온다
무너져 내리는 발바닥이 길을 만들고
선인장 씨앗이 날아와 앉은 곳마다 모래가 꿈틀댄다
더운, 지친
가시에 새가 운다
예루살렘에서 들려오는 종소리보다
아름답게 울고 있는지 귀에 담다가
선인장에 비스듬히 기대앉아 사막을 바라본다

사막 속에 묻혀있는 죽은 죄명이 무엇인지
밤마다 선인장 가시가 등에서
전갈의 독처럼 독을 품는다

얼굴을 모래속에 묻어본다

유다의 눈물로 만들어졌을지도 모르는 오아시스에는
낙타의 코 울음 소리가 푸둥푸둥 들려왔다

한 알 모래 끝을 바라본다
바라보는 내 눈에 모래가 돋아난다
새 울음소리보다 작게 숨을 죽이며
혈관을 타고 바라보는 끝으로 날카롭게

조준된 총구의 깊은 외마디
바람에 모래가 쌓인다
누워있는 발끝 건너 무덤이 이어간

죄지은 이름이 무엇인지
바람은 건조하게 말라갔고

비는 쌓이지 않았다

다가온

걸어 들어가고 싶은
충동 속으로 들어간다

갑자기 다가오는 차가운 엄숙함
내 모습이 어둠 속으로 사라졌다

사라진 것처럼 보였다
다시 살고 싶은 걸음이 맞은편으로 걷는다

끝쪽에서 한꺼번에 몰려오는 밝음
입구부터 연결된 지나온 기분이 고개를 든다

기차 레일이 만날 것처럼 길게
걷는 기쁨과 슬픔의 기대

기차 소리를 내며 터널을 빠져나간다
입구에서 가장 멀리 오버랩되는 마지막 화면

열고 싶지 않은 묶음의 상자가
손으로 다가온

❋

생의 판화를 찍는 나무 한 그루
봄을 산다

A 4 – 1 4

A 4 – 1 5

꽃　　　샘

봄

쥐

김태실

2004년 『한국문인』 수필 부문 등단. 2010년 계간 『문파』 시 부문 등단. 한국문인
협회 이사. 국제 PEN클럽 한국본부회원. 한국수필가협회 회원. 계간 『문파』 이사.
계간 『문파』 편집위원. 가톨릭문인회 회원. 수원문인협회 회원. 동남문학회 고문.
수상 : 제3회 동남문학상, 제8회 한국문인상, 2013년 한국수필 올해의 작가상,
제7회 문파문학상, 제34회 한국수필문학상, 제7회 월간문학상. 저서 : 시집 『그가
거기에』, 수필집 『기억의 숲』 『이 남자』 『그가 말 하네』.

A4-14

그의 가슴은 언제나 비어있다
너른 그곳에 뛰어들어 헤엄을 치기도 하고
낚싯대를 드리우기도 했다
때론 끈적한 뻘 속에 빠진 발을
어렵사리 꺼내 내 딛다가 다시
그 속에 빠져 꼼짝 못 할 때도 있었다
오직 허우적대는 일이 내가 해야 하는 일처럼
다른 것은 생각할 겨를이 없었다
겨우 빠져나와 뻘이 묻은 발자국을
눈물처럼 찍으며 걸었고
그 자국은 희미해져 갔다
이제 그의 가슴에 한 그루 나무로 섰다
펼친 가지만큼의 넓이에
오롯이 쏟아낸 물든 단풍들
이것이 흔들린 깃발이고 자취다
나는 뛰었고 울었고 노래했다
더는 오른쪽을 향할 수 없는
다가가 닿지 않는 걸음으로 네게 가면
노오란 빛으로 와 닿는 목소리
고스란히 남은 흔적에
달빛 따스하다

A4-15

겨울이 오면
하루 만에 봄으로 간다

12월, 한파 속
은빛 티켓을 가슴에 달고
천사의 도시 엘에이를 지나
그녀가 사는 샌디에이고에 가면
바람에 춤추는 야자수 잎
온갖 꽃 잔치 속에서
나는 봄이 된다

귀에 익은 노래, 반짝이는 불빛
이국의 크리스마스는
해마다 안겨주는 혈육의 선물
연말연시에 피는 염원의 꽃
벽난로 앞 대화는 길고 깊다

따뜻한 겨울, 생의 판화를 찍는
나무 한 그루
봄을 산다

꽃샘

그냥 내 할 일을 할 뿐이지요
긴 꼬리 거둬들이는 손에서 잠시 빠져나와
운동장처럼 놀던 동네
한 바퀴 돌고 있을 뿐이에요
알싸함을 가진 내가 돌풍을 일으켰나요
나무에서 떨어진 겨울 가로수 열매가
도로에 몰려다니고
사람들은 두꺼운 옷을 다시 입었네요
꽃망울 터뜨리는 생명들은
나를 겁내지 않아요
벚꽃 터트려 놓고 ·
생글 웃는 것 좀 보세요
멈칫거리지만 가야 해요

그대의 생에 한기 찾아와도
놀라지 마세요
떠날 채비를 하고 한 바퀴 도는 것뿐
가지 않고는 못 배기거든요
보세요, 훈풍에 밀려가는
때론 그립기도 할
저 슬픔을

봄

진득하게 붙어 있던 겨울의 잔재
벗어나지 않던 그것
봄 입김에 힘을 잃는다

진을 친 얼음벽 툭툭 부러트리며
한 입씩 베어 무는 강물의 입
곤두박질치는 저것

파고들어 얼려놓았던 대지
도리 없이 무너져 내리고
허물어진 잔해 속에서 눈뜨는

버들가지 줄기에 스미는 연둣빛으로
일어서 걸어 나오는 봄
만난다, 만나고야 만다
저 봄

스르르,
고삐 풀리는 소리

쥐

네 끝은 어딘가에 닿아있다
비를 몰고 오는 구름, 혹은
번개 끄트머리와 손잡고
불꽃이 튀김과 동시에 철삿줄로 꽁꽁 묶는다
감출 수 없는 외마디는
형체 없는 힘을 떠올리고
나는 곧바로 네 심장을 향해 화살을 겨눈다
단단한 살점 한 입 크게 물고 늘어지다가
이내 뭉쳤던 실타래 도르르 풀리듯
가볍게 손들고 마는 너
심심할 적마다 출몰하는 너를 내쫓기 위해
몸에 고양이 한 마리 키워야 할까 보다
합선을 일으키는 전선처럼
불꽃이 튈 적이면 순식간에 낚아채
다리 근육에 평화를 줘야 할까 보다
쫓겨나간 몇 마리는 흔적도 없이 사라졌는데
작고 보잘것없는 한 마리
종아리에 세 들어 살며
가끔, 아주 가끔
타조알만한 딱딱한
알을 낳곤 한다

❀

창으로 들어오는 햇볕이
집안의 모든 물건을 보듬는다

꽃		신
봉 숭 아		물
쇠 똥 구		리
잿		빛
마 지 막		잎새

서선아

대구 출생. 저서 : 시집 『4시 30분』 『괜찮으셔요』. 공저 : 『뉘요』 『네모 속의 계절』
외 다수. 수상 :동남문학상수상(제5회) 문파문학상수상(10회). 동남문학회 회장역
임. 한국문인협회회원(문협70년사편찬위원). 문파문학회원. 동남문학회원 백송문
인회 회원. e-mail : ssaprincess@hanmail.net

꽃신

손녀가 신던
꽃 슬리퍼가 목욕탕 한켠에
얌전히 앉아있다

꽃신이라 좋다고
마루까지 신고 나와 깔깔대던
작은 팽이 같은 아가

어른이 되고 싶어 엄마 하이힐 신고
뒤뚱 되며 걸어 다니던
해바라기 웃음을 가진 아가

영상통화로 아가의 웃음
잠시 보고 나니
마음은 핸드폰 속으로 들어가고

목욕탕 슬리퍼 비누질해
깨끗이 닦아본다

봉숭아 물

여름방학에 본가에 온 손녀들
서른 개의 손가락이 무릎 위에 손을 올리고
빤히 쳐다보고 있다

봉숭아 꽃잎 따서 백반 넣고
소꿉놀이 하듯 돌로 콩콩 찧어
진주알 같은 손톱 위에
살포시 올리고 비닐로 감으니

옛날 호박잎으로 손가락 싸주시던
외할머니 생각이 난다

첫눈 오는 날 초승달 만큼 남아 있는
봉숭아 물든 손톱
손주들의 무지갯빛 꿈과 함께
오래 남을 마음의 봉숭아 물

쇠똥구리

차가 쌩쌩 다니는 큰길
박스 한 무더기 굴러온다

쇠똥 굴리는 쇠똥구리처럼
작은 유모차 위에
무너질 듯 올려진 종이들

앞도 안 보고 무조건 직진
차가 와도 신호가 바뀌어도
아랑곳 않고 간다

먹이를 구하러 가는 쇠똥구리
오직 오늘 하루 살기 위해

잿빛

요사이 마음이 어떠십니까
온통 잿빛입니다

그렇구나

꽃바구니 들고 푸른 잔디밭을
뛰어놀며 노래도 불렀지요

그랬군요

큰 무지개다리
오색 풍선을 들고 뛰어 건너다 넘어졌어요

그랬군요

무릎은 깨지고
오색 풍선은 터져서
모두 합치니 잿빛이 됐어요

그랬군요
(······)

그래도 무릎의 상처가 아물면
저 다리 끝까지 걸어가 보렵니다

그렇지요

- 정해신의 『당신이 옳다』를 읽고

　　마지막 잎새

겨울을 부르는 무서리 내린 아침
햇살이 더 밝다
정원의 나무는 마지막 옷을 다 벗어
끝에 달린 잎사귀
퍽 추워 보인다

지난해
중환자실 창밖의 파란 하늘이 곱다던
그는 이제 하늘의 빛이 되었다

창으로 들어오는 햇볕이
집안의 모든 물건을 보듬는다
따사롭다

엄마의 품 같은 방 안 공기

그런데
눈이 부셔서일까
눈에서 눈물이 울컥한다

아파트 울타리 장미는
소리 없이 여름 가득 붉게 울고,

만 석 저 수 지 음 악 분 수

소 금 밭 에 서

개구리, 우물 밖 세상을 내딛다

붉은 장미는 여름을 붉게 울고

상 처 깊 은 소 나 무

양미자

1958년 충남 논산 출생. 아주대학교 대학원 교육학 석사 졸업. 2006년 『문학시대』 시부문 신인상 등단. 현) 문파문학회 회원. 동남문학회 회원. 수원문인협회회원.

만석 저수지 음악 분수

저녁 9시
만석공원 음악 분수
물의 검은 껍질을 찢고 고요가 솟는다

음악이 부리는 빛의 도리질이 만석 저수지 급소를 찌르고
허공으로 치솟는 동맥혈의 곡예가
어둠을 터트리며 몸서리치는 외침
늘어진 강박을 뛰쳐나온 여자, 빛의 무등을 탄다
잔뜩 고여 있던 두꺼운 침묵을 막춤으로 쏟아내며
공중의 벽 할퀴다가
문득,
바람이 만져졌다
손가락 사이를 빠져나가는 모자라고 넘치는 것들의 아픔,
꼭지 흔드는 반란의 길이다

자칫 말라 바스러질 듯한 일상의 궤적 안에
습한 바람 비집고 들어와
서른 날 들끓고 붐비더니

30분, 축제는 끝났다
삼킬 수 없는 것 물의 살갗 안에 우겨넣고
아무 일 없었던 듯 다시 잔잔하게

검은 포획,
그 안에 여자가 있다

소금밭에서

염부의 굽은 등으로 구월의 오후 햇살 하얗게 쏟아져 내리고
딸은 고무래질에 여념 없는 어머니의 고집을 이긴 적 없다

갇힌 바닷물,
지난날의 푸른 자유 아프게 덜어내
소금꽃 피우고 제 몸 말리면
세팅 직전의 보석처럼
하얀 육면체로 반짝이는 소금알 맺히곤 했다
저 반짝이는 알갱이들은
어머니 평생의 자존이었다

개구멍받이 어린 그녀
소금창고 멍석 귀 빌려 잠재우고
설움과 운명 밀쳐내듯
소금 고무래 더 힘껏 미셨던 어머니

바람 난 남편을 끝내 용서 못 하고
친정으로 달려 온 그녀,
어린아이 되어 소금밭 귀퉁이에 쪼그리고 앉아
하릴없이 소금 한 웅큼 쥐어 소르르 뿌려본다
떨어져 흩어지며
하얗게 피는 울음꽃,

개구리, 우물 밖 세상을 내딛다

낙엽 몇 점 한숨처럼 떠 있고,
오래된 우물 안
개구리가 느린 발헤엄으로 물이끼를 차면
숨었던 시궁창 냄새 연기처럼 번진다
진물이 마르지 않는 퉁퉁 부어오른 그의 눈두덩
온몸 사르르 맥을 놓을 즈음
세찬 빗줄기 옆구리를 걷어차더니
뒤집힌 우물이 하늘과 맞닿았다

물 위에 떠 있는 나뭇가지 지렛대 삼아
혼신으로 뛴다

우물 밖 세상,
햇빛은 그쪽만 비추고 있었던 게다

이슬 먹은 샛초록 풀 냄새
발끝에 닿는 융단 같은 여린 잎새
그에게도 들리는 바람의 노래
하늘 입은 개구리 눈치를 살핀다
조촘조촘 내딛는 새 땅
아직, 발끝이 시리다

붉은 장미는 여름을 붉게 울고

바퀴 사이로 선혈이 흘러나와
아파트 주차장 바닥에 붉게 고이고
저만큼 나뒹굴어져 그 자리를 지켜보던 신발 한 짝,
그 속에 요란했던 응급차의 사이렌 소리 가득 담겨 있었다

달포 전
후진하던 트럭에 밟힌 아래층 일곱 살 사내아이
자전거는 계단 난간에 묶인 채 먼지만 쌓이고
숨 가쁘던 엘리베이터 평정을 찾았다

오늘도 주차장엔 타이어들이 분주하게 그 자리를 오간다
그때마다 분진 되어 허공에 흩어지는 아이의 비명

아파트 울타리 장미는
소리 없이 여름 가득 붉게 울고,

상처 깊은 소나무

문경새재 오르는 길
허벅지에 흉터 깊은 소나무 청년처럼 서 있다
문신으로 박힌 모양이 영락 활짝 웃는 얼굴이다
젊은 날 몸 찢겨 왜놈 무기에 진액을 빼앗긴 상처,
녹슨 바늘로 떨어뜨린 솔잎 발등을 덮고
오랜 속울음, 용의 비늘 속에서
오히려 웃는 것일까

버릇없는 제자 뺨 한 대 후려치고
그의 가슴을 쪼는 학부모의 삿대질 앞에 무릎 꿇던 사내,
뒷목을 잡아당기는 아내의 젖은 목소리가 10톤이다
발목에 매달린 3학년 2반의 아우성이 천근이다

시곗바늘에 허리 묶인 이십 년
세월의 오랏줄을 끊어버린다

살갗이 벗겨졌던 나무의 뼈에 그의 등뼈를 포개고
뼛속까지 포진한 고통,
차라리 그도 웃는다

❋

구름 사이로 언뜻언뜻 보이는
하늘이 새파랗다

로 그 인

캐 리 어

덫

백 내 장

죄 와 벌

전옥수

2008년 계간 『문파』로 등단. 한국문인협회, 수원문인협회 회원. 현재 동남문학회 고문. 계간 『문파』 편집위원. 수상 : 제10회 동남문학상. 저서 : 시집 『나에게 그는』. 공저 『풍경 같은 사람』 『2017 문파대표시선 55』 외 다수.

로그인

요람 속 아기가
입술을 오물거리며 기지개를 켠다
아이디는 yhj
패스워드는 1991
---접속이다

벨벳 커튼 뒤 조명들의 움직임이 급박해지고
무대 위로 쏟아지는 별빛들이 부산하다
노란 꽃술 머금은
백합 한 송이 하얀 꿈을 연다
이른 햇살처럼 순결했던 14K 반지가
부케를 든 가느다란 손가락에서 반짝이고
요람에서 들려오는 옹알이에
눈과 귀가 흠뻑 젖는다

모바일 청첩장 받아들고
부리나케 달려온 십이월의 바람
훌쩍이며 코끝에서 붉게 머무는 나절
점점 헐거워질 시간들 불러 모아
한 컷
또 한 컷 놓칠까 잊을까
아낌없이 내 폴더에 저장한다

캐리어

긴 지퍼를 연다
엎질러진 물처럼 흐느적거리던 시간들이
후줄근한 얼굴로 한참을 마주했다
성급하게 말라버린 무늬들을 모아
조각조각 개키고 손과 발은 가지런히 접어
캐리어 속에 모로 눕힌다

설렘과 두려움의 교차점
공허가 일어 부풀어지는 만큼
찌든 얼룩의 냄새가 가득한 캐리어 속 공간
들뜬 공항의 풍광은 순식간에 사라지고
이륙을 생각하며 나는 눈꺼풀을 내린다
귀가 먹먹해지고
날개가 비스듬히 보이는 좌석에 앉아
큰 숨을 들이마시고 다시 내뱉는다

회빛 구름이 뭉실 거리다
발바닥에 긴 멀미가 밟힐 즈음
짐칸에 올려둔 먼지투성이 된 시간들이
하나, 둘
좁은 통로를 비집고 걸어 나온다

구름 사이로 언뜻언뜻 보이는 하늘이 새파랗다

덫

단도리 못 한 마음에
속눈썹 같은 잔금 몇 개
교차되고 이어지는 순간
번개 같은 섬광 번뜩이고 지났다
곪아 터진 속내로 사람 하나 숨어들어
며칠 낮밤을 덜컹거리며 흔들어대다
쏟아붓는 폭우에 흠뻑 젖는다
품어야 할 가슴 아직도 먼데
맏이라는 명분 올무 되어
본능처럼
담쟁이 발톱 같은 갈퀴 바짝 세웠다
굽이치다 갈 길 잃은 숙명이라는 덫
흙탕물에서 표류 중이다
지금

백내장

어머니 눈 속에
녹슬고 닳아진 지구 한 알 있다
꽁꽁 싸고 있던 희뿌연 몸부림이
둔탁한 이물로 굳어져 앞은 늘 막막했다
무엇을 그리 보고 싶지 않았는지
지구를 싸고 있던 시간은
굳어진 흔적으로 입을 꼭 다물었다
한 올 빛 향한 끝없는 조준
섬세한 의사의 손끝이 길을 낸다
동공에 드리우던 막이 서서히 열리고
무엇이 그리 애타게 보고 싶었는지
산맥처럼 이어진 실핏줄에 몸을 맡긴 지구는
건조하고 무디어진 눈꺼풀에 싸여
주름진 여든 세월을
낯선 오늘처럼 더듬고 있다

죄와 벌

소리 없이 내 안에 들어와
싹틔운 모양이 예사롭지 않다
씨 뿌리지 않아도
집요하게 생성되던 기이한 늪
땡그란 떡잎부터
간드러지는 달콤함으로
싱그럽던 내 여름을 홀딱 빼앗더니
미처 뽑아 버리지 못한 피들은
여기저기 바람처럼 어지럽게 자라나
검은 군락 이루었다
짙어진 계절에
어둠은 더욱 무성해지고
소화되지 않은 묵은 시간들은
소경처럼 허우적거리다
덕지덕지 붙어 찢겨진 광고지처럼
온갖 쭉정이로 남았다

꽃

봄바람에 지쳐 버린 듯
그리움보다 먼저 꽃잎 지고 있다

꽃 잎 한 장

불   면

노 란 개 나 리

새 벽 여 섯 시

밤   바   다

양숙영

계간 『문파』 시 부문 등단. 한국문인협회위원. 국제PEN클럽 한국본부 회원. 문파
문인협회 운영이사. 고양문인협회 이사. 저서 : 시집 『는개』 공저 『문파시선』 『고
양문인시선』 외 동인지 다수.

꽃잎 한 장

뉘엿뉘엿 지는 해 등에 지고
폐지 더미에 옷자락만 보일락 말락
그 틈새 꽃잎 한 장 업혀가고 있다

한창 세월 앳된 얼굴
앙가슴 품에 어린 애기 어루는
웃음 번진 눈매
명지바람에도 수줍어
고개 떨구던 모란처럼
활짝 핀 꽃잎이었을 사진 한 장

바라보는 순간 왈칵 바윗덩이 굴러와
쩡하니 가슴 내리친다
어느 마지막 날에
모란잎 후드득 무너져 내리듯
삶의 흔적 다 떨구어 내고 있는

쩍쩍 갈라지고 찢어진 하루가
땀 냄새 흥건히 배인 속적삼에 묻어
폐지 더미 위 꽃잎 한 장
어두룩한 땅 그림자
주워 담아 나르고 있다

불면

오밤중이면
어인 까닭인가
그대가 먼저 떠난 때문인지
아님 내가 아직 보내지 못한 이유인지
포개지고 또 포개지고
덧칠되어 쌓인 그림자
털어 내려 눈 꾹 감아도
더 선명해지는 잔영들
온밤 불면이 찾아와
병인 양 곁에서 별빛 헤며
지새는 밤

노란 개나리

총총히 열 띄운 계절에
날쌔게 날아든 노란 꽃잎
가슴 풀어 헤치고 한껏 부풀던
봄바람 스친 자리마다
꽃봉오리더니
어느새 아쉬움에 돌아앉는
개나리꽃
진다
내 맘 아지랑이 같아서
눈물 같은 꽃잎 뚝뚝 떨구며
봄바람에 지쳐 버린 듯
그리움보다 먼저 꽃잎 지고 있다

새벽 여섯 시

아직 사방이 어둑한데
하나둘 남루한 마음
똑같은 바람 하나씩 짊어지고
광장 인력시장으로 모여든다
시간이 갈수록 초조한 마음
말없이 서로 눈빛만
어색하게 주고받으며 서성이다가
한 가닥 불빛이 미끄러져 다가오면
치열한 선택의 순간
축 처져있던 두 어깨에 힘이 실리고
눈에선 불꽃이 튄다

알 듯 모를 애매한 쓴웃음이 지나고
한켠으로 밀려나는 하루가
낭떠러지 아래로 굴러떨어지는 절망
눈물보다 진한 푸념 소리가 뒤섞이는
처절한 새벽 여섯 시

밤바다

작은 휘파람의 유혹
피가 멈추도록
온몸으로 끌어당긴 욕망
그러나
끝내는 죽을 만큼 앓아 누었다

칠흑 같은 밤바다

가슴 메어지게 자리 잡은 타인
툭툭 털어 내야만 할 때
두려움에 전율 느끼며
망설임 가득한데
너무 깊어 끌어올리지 못한 사랑
가슴팍에 멍울로 남아
잠도 지우는 밤바다
파도 소리만 아득하다

❁

삶의 바다에서 건져 올린
마른 글들이 꿈틀거리며 출렁인다

궁 평 항

나 무 의 노 래

봄 이

늦 가 을

비 망 록

허정예

강원도 홍천 출생. 방송통신대학교 국문학과 · 문화교양학과 졸업. 계간 『문파』 시
부문 신인상 당선 등단. 동남문학 회장. 문파문학 부회장 역임, 현)운영이사. 국제
PEN 클럽 회원. 수원문인협회 회원. 시집 : 『시의 온도』

궁평항

썰물이 빠져나간 갯벌은
갈매기만 날아다닐 뿐 정박해있는
고깃배는 가난의 입 벌리고 있다

갈매기도 주린 날개 파닥이며
아가들 손에 든 새우깡
넘나들며 하늘 가르며 운다.

미세먼지는 는개처럼 내려앉고
등대는 잠시 휴식 중
수산물 장터에도
눈 쇼핑만 하고 돌아선다.

상가 건물은 임대문의, 상가 임대
가득 찼던 여행길이 미안해진다

수평선에서 불어오는 살랑 바람은
황망히 떠나간 눈물의 우체부
밀물은 메밀꽃처럼 달려오는데

아직 !
궁평항에는 봄 편지 부재중이다

나무의 노래

언제부터인가
가지 많은 사연, 이야기 길에서
당신의 애인이 되었습니다

꽃순이 수줍음 새가슴 살포시
열릴 즘, 당신은
하늘 아래 한 그루 나무였습니다

사계절 돌고 돌아도
그 자리에 눈망울만 껌벅일 뿐
심지 곧은 등대였습니다

움트는 생명의 신비에 가슴 뛰고
여름이면 푸름, 피워내는
실록의 언덕에서 마냥 부풀었던 꿈

가을이 물들어가는 오솔길
고독의 그림자 강가에 어리듯
쓸쓸히 사위어가는 당신을 바라보며

무수한 날
지독하게 둥지를 지키던

당신의 기량을 사랑했습니다

지나간 강물 위에 나이테 더듬으며
흰머리 한 올 한 올 늘어도
아직 난 당신의 애인입니다

봄이

계절의 시작을 알리는
뻐꾹뻐꾹 뻐꾸기시계 소리
잠 깨어 쏘옥 올라온 풀꽃 어깨

아기들 젖 먹이려고 동서남북
어둠을 뚫고 달려온 햇살

햇발은 언 강가를 다림질하며
겨울 손끝을 놓고
봄이 문지방 넘는다

그대 발자국 초록빛 감돌고
척박한 들녘에 아지랑이 몽글몽글

봄기운이 넘나드는 산맥의 봄

겨우내 움츠렸던
설한 깊은 곳, 들판을 깨워
해마다,
이맘때 오시는 따듯한 손님

⁰⁴ **늦가을**

요양원 가는 길
먼 산부터 갈꽃 눈물
뿌리며 이별 연습에 부산하다

뒹굴고 있는 낙엽들
지르밟는 발자국 따라 신음 소리
요양원 창문에 걸린다
.
침대마다 깡마른 얼굴들이
지나온 삶 내려놓고
아버지 어머니 고이시던 손
낙엽처럼 떨고 있다

딸의 얼굴 몰라보는 눈동자
빛바랜 얼굴 흐려지고
점점 멀어져 가는 이생의 끈

싸늘한 바람의 춤사위
무서리 흩뿌린 요양원 창문에
하얀 나비 떼
겨울 문턱 넘고 있다

⁰⁵ **비망록**

언제부턴가
가슴엔 초록 글들이 웅크리고 있었다.
팔랑대는 풀잎에 가슴 아리고
어지러운 마음 다독여
찔레꽃 핀 숲길 걷다 보면
꿈틀거리던 언어, 산수화 그린다.
가랑비 젖은 강가 서성이며
야위어 가는 그리움 강물에 띄워 보내고
땅거미 질 때면 젖은 별들이

하나둘 은하수 강 되어
시 언저리에 흐른다
무언가 잃어버리고 산 것 같은 막다른 골목
어느 날, 낱장 광고는
목울대까지 차올라 時를 앓던 열꽃
분수처럼 뿜어 나오는 찰나
고여 있던 말들이 쏟아지는 언어의 울음
삶의 바다에서 건져 올린
마른 글들이 꿈틀거리며 출렁인다

❁

솟아나는 그리움을 붙잡지 못해
초록빛 사랑을 찾아갑니다

문밖에 서 있는 그대

불 국 사 가 는 길

여 기 저 기 서

눈 부 시 게

웃음꽃 하얗게 피는

又敬堂
임정남

경북 영주 출생. 안동교대 졸. 교사 역임. 계간 『문파』 시 부문 신인상 등단. 국제
펜클럽 회원. 한국문인협회 위원. 문파문학회 회장. 문인협회 용인지부 회원. 시
계문학회 회장 역임. 수상 : 제9회 문파문학상, 제2회 시계문학상. 저서 : 『비로
소 보이는 것은』 『낮달』 공저 『너의 모양 그대로 꽃 피어라』 『가을 햇살 폭포처럼
쏟아지는데』 외 다수.

문밖에 서 있는 그대

개울마다 맑은 물이 흘렀고
그 시절 마시던 숭늉보다 더 구수한 차 있었던가

싱그러운 바람이 녹아들고
따사로운 햇빛이 깃드는 봄날
여백 많고 여운이 깊은 그런-
음미하면서, 느리고 차분히 문을 두드려 본다

외롭지 않기 위해 오랫동안 책을 읽고
근사하게 당당한 젊은 실버로
문밖에 서 있는 그대

농담처럼 말하지만
레일을 따라 아득히 걷던 세월 속 추억을
별 만큼 많은 지붕을 바라보며
아직 쓰이지 않은 수많은 작품을 실을 책,
그 속의 페이지를 세고 있는 그대

불국사 가는 길

차를 타고 달리는데 바람결에 버드나무 흔들리고
하늘가 구름 쉴 새 없이 따라오는데

핸들 잡고 가는 나
나지막한 산세 아래
두 눈 훤하게 뜨고도
샛-길 찾지 못하고
감추어 있는 것이 아니라
상상하고 계산하며 중얼거린다

시절 인연이 닿아 함께 가고 있는 그 사람
내가 만난 너-, 나의 손님인가
너가 만난 나, 너의 투숙객일까?
나를 위해 아파하고
너를 위해 아파하고

때론
사랑이 너무 커 흥건한 눈물
마음껏 뿌리는 날
퉁퉁 부은 눈으로 시를 쓴다

멀-리
소쩍새 울고

산비둘기 이산 저산 소리 지른다
또 한 해가 가고 있다
나의 벌판에 의미의 씨앗을 심고 가는!
나는 먼먼 구름 속으로 끝없이 달리고 있다

여기저기서

맑게 갠 아침
벚나무 가지 흔들거린다
밤 동안 누구누구 맞서다 부러져
벌겋게 가지 속살이 드러나

이런저런 일 많이 겪은 키 큰 나무
불이 타 들어가고 있다는 수상한 소문에
저 언덕 아랫마을 논두렁 들불이 들고 일어 섯다나

어디 나무 가운데 움돋이를 베어 버렸나
꾸부정한 사람들이 우왕좌왕하는데
얽힌 마른 잡초들이 마구 쑤셔
들 여기저기서 불이 붙었나

매화가 피면 한차례 모여 노래도 부르고
의젓하게 붓과 벼루를 준비해야지
詩도 쓰지 않고 광장에 모여 소리소리 지른다
르네 마그리트 그림처럼 모자만 있고 얼굴이 없다

구름 흐르는 산마을에도 바빠지는데
누가 흔들고 누가 흔들리는가, 귀는 늘
사람의 가슴에 청진기를 대고 섬세한 진단서를
시대의 희망을 말하기란 얼마나 힘이 들까
올 한 해 녹차 한 잔이라도 편하게 마실 수 있을까?

⁰⁴ **눈부시게**

창밖에 떠돌던 미세먼지
다 어디로 갔을까
오늘 아침 저 빛나는 햇살들은
폭죽처럼 마구 터지고
투명한 햇살 받아 사진도 찍는다
풍성한 손길을 마주하면서

호 호 거리면서 다람쥐와 뛰놀던

뜨거웠던 지난 시절 이야기가
누구의 가슴에도 아니 올 수 없는
익은 그 바람 만 쏴- 하고
고목 같은 텅 빈 마음에도 설렌다

눕고 일어나고 절망하고 희망하면서
아무것도 아니면서 전부인
기다려지는 마음, 올 것만 같은

바람 소리, 차 소리
비행기 소리에 끌려다니면서
하얗게 설레 지고, 다시
맥 빠진 모습 끝도 없이 기다리고 있다

⁰⁵ **웃음꽃 하얗게 피는**

머물던 그대 자리
훌쩍!
반세기를 지나고 더위로 지친 솔 나무
서늘한 평화에 허기져
뚝뚝하게 양반다리 하고 있을 때

고향집이
뜨악한 현대식 얼굴로 다시 태어나
언뜻언뜻 찾아오는 그리운 순간을 잊지 못해
떠났던 걸음걸음 다시 돌아올 채비를

너른 뜨락 소소한 바람 여전히 솔솔 불어오는 곳
나직한 깨달음이 움직일 때마다 솟아나는 그리움을
붙잡지 못해 초록빛 사랑을 찾아갑니다

문득
지나온 길 돌아보며 스치기 쉬운 곳에 눈길 멈추고
세상 너머 먼– 길 가는 곳, 이곳 같으랴?
떠나갈 터미널도 멀지 않았는데

저기 저 밭 가운데 서 있는 허수아비 엄마 같아
그대 앉은 자리 항상 거기서 불러 모으는
솔향 가득한 솔바람 그 소나무 집, 거기 모입니다.

은밀한 사랑이
책상 위에 뒹굴고 있다

터   널

겨울비는 내리고

불   꽃

나 뭇 잎   사 랑

상 념 의   밤 에   Ⅱ

이규선

2010년 계간 『문파』 신인상 당선. 저서 : 시집 『이건 뭐지』. 사단법인 한국 문인 협회 회원. 용인 시인 협회 회원. 시계 문학 회장 역임.

그렁그렁한 꽃물이 뚝뚝 흐른다

터널

호리병에 모가지를 집어 넣어본 사람은 안다.

절벽에 부딪혀 퍼득이는 나비를 보며
지구의 끝임을 알았다.
날개에서 떨어진 분진의 회오리를 따라
호리병을 몇 바퀴 돈 후
겨우 빠져나올 수 있었다.

천천히 맨발로 선
발등 위를 내려다본다.
또다시 그곳이
지구의 시작이었다.

모가지에 거친
숨소리 한 모금 집어넣는다.

겨울비는 내리고

구멍 난 운동화 사이로 스며드는 빗물의 체온이
고장 난 여름을 가리키고 있다
시멘트벽 하얀 가루를 마시며 야윈 달력 위를
걸어와 마지막 줄 위에 서 있다
몸은 차츰 굳어가는 줄도 모르고

굳어가는 핏줄 사이로
따뜻한 차 한 잔 건네주는 이가 그립다

겨울비는 오는데 삐그덕
회색기러기 한 마리 날아간다

진땀 젖은 기차표 한 장 구겨 넣는다

불꽃

네 몸에 불을 붙였구나

단풍아

온몸을 불살라 나의 상처를
치유하고 있구나

네 몸도 뜨거웠는지 손끝에서
놓아버리는구나

시냇물 위에 떨어진 불꽃마저도
꺼지지 않고 있어

사람을 치유하러
떠나가고 있구나

나뭇잎 사랑

유리창 너머 책상 위로
나뭇잎 살랑이는 그림자를
아침 햇살이 데려온다.

나뭇잎 사이로 부서지는 햇살
바라보는 이의 시선이 따갑다.

뜨겁게 타오르는 사랑
영롱한 빛을 내며 시샘하는 이의
시선을 피하게 한다

은밀한 사랑이
책상 위에 뒹굴고 있다.

상념의 밤에 Ⅱ

고요와 어둠의 습도가
질병처럼 무겁게 내려앉는다
적막 속에 초침만이 들린다
아직은 살아있을 작은 숨소리로
낡은 디스크 한 장 걸려 있는
상자의 버튼을 눌러 본다
상자 속 피아노 건반 위에
가만히 손을 얹어놓는다
서서히 가라앉은 앙금 가루가 은율에 흩어져
하나씩 별이 되어 내려온다

✳

새는 어르고 나비는 춤추고
마른 가슴 촉촉이 젖는다

김좌영

충북 청주 출생. 계간문학지 『문파』 詩 부문 등단(2010.06.26.). 한국문인협회 회
원. 국제PEN 한국본부 회원. 문파문학 회원. 한국문인협회 용인지부 회원. 한솔
그룹(사) CEO 역임. 저서 : 『그땐 몰랐네』 『묻어둔 그리움』 공저 : 『문파대표시선』
『꽃들의 수다』 용인문단지. e-mail : cykimk@hanmail.net

어스름 녘

노을빛 곱게 물든 시린 하늘
치솟은 둥구나무 우듬지 까치집
회색 바람에 흔들리는 풍광
가슴에 담던 황홀한 만남이다

빈 바람 휘돌아 멀어져 가고
울림 없는 멍멍이 슬픈 소리
어스름 속으로 스며드는 서낭
무심히 돌멩이 하나 올려놓고
돌아서는 발걸음 적막이 흐른다

탱자나무 집

굴뚝새 숨어 재잘거리는
뒤꼍 탱자나무 울타리
풍진 세월 견뎌온 먹감나무

붉은 잎 다 떠난 하늘가지
까치가 파먹은 반쪽 홍시
간당간당 외로이 흔들리고

눈발이 날리던 어느 날
사랑채 바깥마당 노적가리
참새 떼 쫓던 곰방대 소리

아득히 먼 낡은 영상들이
숨찬 그리움으로 밀려와
삐걱삐걱 서럽게 돌아간다

찰나의 그리움

긴 여정을 마치는 고요한 적멸의 시간
살며시 레스피레이터를 뗀다

엷은 미소가 스치는 눈가
맑은 이슬이 맺히고
찰나의 그리움 순간, 삼킨다

흰 가운 청진기 슬픈 그 한마디가
싸늘한 공간을 흔들고 있다

다 놓고 간다더니
사랑 하나 가슴에 품고 가는
지는 꽃향기가 흐르는 종점
님의 한생을 흠모하며
두 손을 모아본다

함께

하늘 산
빙벽 끝자락
따뜻한 눈물 꽃 피고

살바람 타는
비둘기 날갯짓
안개꽃이 아름답다

너와 나
쌓인 그리움 접어
흰 구름밭에 심는다

– 〈하이원스키장에서〉

숲속 초막

하늘도 푸르게 물든 초여름 맑은 아침
첫 외출한 박새 새끼들 꽃가지서 솔가지로 포르륵
어미 새 따라서 미래를 여는 날갯짓 한다

오늘따라 나리꽃도 주황색 꽃잎을 활짝 열고
살포시 미소 짓는다, 초막집에 겹경사 난 날
새는 어르고 나비는 춤추고 마른 가슴 촉촉이 젖는다

꽃의 일생에도 고통과 외로움이 있거늘
저토록 우아하고 초연할까
삶의 길은 서로 달라도
던지는 메시지가 크고 깊다

✻

바람이 만든 물결 사이로
순간 반짝이는 눈빛

제 주 도 의   봄

봄 의   향 연

비 내 리 는 풍 경

낙 화 의 떨 림 을 아 시 는 지

비 .   그 리 고   밤

김옥남

경북 안동 출생. 계간 『문파』 등단. 한국문인협회 저작권옹호위원. 계간 『문파』 이
사. 한국문인협회용인지부 부사무장. 시계문학회 회원. 수상 : 2013년 용인시공
로상. 저서 : 시집 『그리움 한 잔』

제주도의 봄

노란 유채꽃으로 시작되는 섬
맞닿아 있는 파란 하늘과 옥색바다
어머니의 모시 치마 저고리이다

흩트려진 유채꽃밭 속, 뒤섞인 사람들
살랑이는 봄바람, 주체할 수 없는 꽃잎들
삶에 지친 무거운 육신 풀어 놓고
아지랑이 속에서 아랑아랑 춤을 춘다

피어나는 함박웃음
하늘 높이 높이 흩어지고
몰려오던 먹구름 사라졌다
섭지코지, 노란 물빛 축제장이다

봄의 향연

아지랑이 주술에 걸려 걸음을 옮긴 윤중로
어사화 닮은 벚꽃, 눈을 뗄 수 없다

꽃을 꽃으로 보지 못하는
큰집 어르신들
네가 잘났다 내가 잘났다
삿대질에 파란 지붕은 혼미하다

긴 호흡으로 쉼표 한번 찍고 끌어안자

지금, 봄의 향연
빨강, 노랑, 연분홍 꽃들의 춤사위
얼씨구-
이 순간을 함께 취해보자

비 내리는 풍경

누에 뽕잎 먹는 소리를 내며
여름비, 내리고 있다

아이, 빗줄기 속에서 발 굴리며
흩어져 사라지는 꽃송이 만들고 있다

빗줄기 밟으며 아이 찾는
엄마 발자국 소리 점점 가까워진다

아이와 엄마의 웃음소리
빗줄기 타고 유유자적 춤을 춘다

비, 멈추지 않아도
소소한 삶의 기쁨 누린다

낙화의 떨림을 아시는지

눈을 감고 있어도 눈을 뜰 때에도
그대에게 달려가 안기고 싶다

호숫가 길게 늘어뜨린 버들 벚꽃
길게 목을 빼고 입맞춤하던 시간

기억의 편린들이 수면위로 고개 내밀면
백만 볼트의 전율은 온몸을 타고 번진다

지난 시간의 흔적, 선명한 생채기
낙화 꽃잎으로 덮어도 아물지 않는 상처

바람이 만든 물결 사이로
순간 반짝이는 눈빛

그대다
만날 수 없는 그대

헛헛한 가슴,
머릿속의 지우개가 필요한 시간

비, 그리고 밤

민들레꽃 위에 쏟아지는 어둠
빗방울 사이 분주한 발길

자동차의 헤드라이트에 비춰진 빗금
바닥에서 물방울 꽃송이 되었다가
순간, 사라진다

미세먼지처럼 털어낼 수 없는 피곤
점점 짙어지는 어둠 사이로
무표정한 얼굴에 포개졌다

지친 몸 누일 곳 찾아
다시, 발걸음에 힘을 싣는다

✤

햇살 속의 먼지처럼 드러나는
쌓여 온 삶의 흔적

기 　　　　 도

데 칼 코 마 니

무 엇 일 까

점 　　　　 점

박진호

2011년 계간 『문파』 시 부문 신인상 당선 등단. 시계문학회 회원. 문파문인협회 회원. 한국문인협회 회원. 한국문인협회 성남지부 회원. 동국문학 회원. 한국가톨릭문인회 간사. 국제PEN클럽 한국본부 회원. e—mail : qjrckek@hanmail.net

기도

늘 열심히 살아도 모르는 모습의 나
아는 진리는 경계선 모르는 오답
이용하고 이용당하는 먹이 사슬 속
머리를 따르던 결과 후회만 느낄 뿐
마음으로 물러설 수 없는 링 안에서
비켜서서 허공만 물어뜯습니다
나 아닌 우린 서로의 피해자라고
우기고 도망치고 싶지만
도망갈 구멍 없는 질그릇 안 이었습니다
우리가 우리를 아는 진실도 거짓의 파편
내가 나에게서 도망하기를 시도했습니다
그 탈출구가 명상 또는 기도라 하네요
그 기도는 효과가 있는 것 같아
이불 속에 머리 박고 마음속 이야기를 하는데
지나가던 개가 듣고 짖으니 해명할 필요가 없더군요
왜 나를 축복할 시간이 없나요
왜 언제나 선 밖으로 밀려나나요
늘 그렇게 그 자리에서 놀고 있지요

데칼코마니

거울 앞에 서 있는
아이의 당혹스러운 관심

두레박 올리는 아낙의
우물에 비친 반영

눈 감고 그려보는 하루의 일과
떠오르는 느낌과의 대화

접힌 색종이 안의 물감의 퍼짐 같은
내면에서 들려오는 종소리

무엇일까

평안하지요 말 뒤의 서늘함인가
물 위의 오리 정지 동작이어도
물아래 오리발은 죽을 맛인데

슬며시 오고 가는 힘겨루기는
사실이어도 그림자 같은
치고 빠지는 말 못 할 사연

기뻐도 슬퍼도 멍해도
그 바람 같은 마법에 홀려
한 세월 흘려보내는

한 생에 세 번은 깨달아야 하는
숙제처럼 이고 지고
숨 막히는 깔딱 고개 넘는

점점

사막에서 길을 잃어도
낙타의 본능을 따라
오아시스 찾듯

고난 속의 희망을 담아
나누는 대화
그는 내 안의 느낌

누구를 위한
누구에게 갈구하는
누구를 확인하는

햇살 속의 먼지처럼 드러나는
쌓여 온
삶의 흔적

❄

술집이 늘어진 골목엔
늑대와 개의 시간이 잠겨진다

유 리 벽

새 별 오 름

겨 울 비

혼　　술

어 쩌 다 가

부성철

제주 출생. 해동고, 한양대졸. 2002년 『문학과 의식』 신인상. 문파문학회, 호수 문
학회원. 해바라기 동인. 문협 편찬 위원.

유리 벽

거미가 나뭇가지에 앉자
바람이 후하고 거미집을 지었다

그는 어떤 일을 한 줄 모른 채 떠나고
무심히 지나던 시간이 거미줄에 걸려 버둥거리면
오후의 숲은 참을 수 없어 끼룩거린다
처음부터 벽은 아니었다
숲을 보기 위한 창이었다
한낮의 졸음처럼 천천히 다가와 벽이 쌓아지고
그냥 서쪽 저쪽으로 황혼을 몰고 가 저녁을 만들어 갔다

자연의 법칙을 어기는 것이 아니라고⋯⋯

가장 멋있는 말들을 찾아간다
가만이 서 있는 나무들 위로 별들이 쏟아지고
저녁 식탁엔 오리발을 내 놓는다
새들의 눈물과는 상관이 없다
참 우정 아플 때 그냥 편드는 일
모두 기다린 1월은 오지 않고
13월이 사과나무에 걸렸다

새별오름

바람에 눕자 그제사 별빛이 쏟아집니다
오지 않은 기차를 기다리다
살아온 길이 평온치만은 아니라는 것을

덩그러니 서 있는 나무 위로 까마귀 떼가 떠나고

자기와 다른 일상을 늘어놓던 언짢은 말들도
그리움으로 남을 수 있다는 것을
비로소 가슴에 손을 대고 생각합니다

수없이 스쳐간 혼돈의 세계가
선로를 타고 날으던 숱한 울음이 넘실거리다
터널 속으로 세월과 같이 사라진다는 것을

기억 속에 남은 이름조차 불러도 대답이 없다는 사실에
아무 관계도 없는 이에게 날선 칼을 휘두르고
불을 붙일 수 있다는 사실이

멈춰 서서 홀로 서 있는 나무를 봅니다

누군가 다가가 가만히 등을 두드리며
그래 괜찮아 너만 그런것 아니라고
범죄는 112 화재는 119 아픔은 000이라고

풍선처럼 터진 꿈들이 날고
건조한 눈동자에 이슬이 맺히면
다가왔다. 벌어지는 발자욱 뒤로
액정 화면이 뜹니다

"이웃집 괴물 일곱 번 막을 수 있었는데"

03   **겨울비**

서울역 대합실 한쪽 구석
기다림에 지친 구겨진 우산이 서 있다
건드리면 울음이라도 터뜨릴 듯
걸어온 길들은 너무 멀어
오래 가두어 두었던 말들이 쌓이고
비걱거리는 관절이 너무 아파
비가 내려도 붙잡을 힘이 없다
가끔씩 불어오던 남도의 바람
잠시 자리를 뜨면
어둠이 내리는 철길 위로 기차 떠 가고
고래 사냥꾼, 의자에 누워 저 바다 꿈을 꾸면
버스듬히 지친 우산 옆으로
오래 걸어온 낡은 구두 한 짝
가지런히 갈 길을 잃고 쉬고 있다

혼술

술이나 한잔하자
마음을 부딪치며 살아가는 말들이
잔에 남아 있어

사거리에 서면
늘 꿈을 꾼다

숲속을 달리는 말잔등 위에 아슬하게 걸친 나에게
나무들이 속삭인다
내리면 안 돼 내리면 안 돼

숲에 끝은 보이지 않는다

바람이 지나갔고
섬들도 보였나

눈물을 보이면 안 돼

술집이 늘어진 골목엔
늑대와 개의 시간이 잠겨진다

어쩌다가

나의 레퍼토리는 언 강을 타고 올라와
새벽의 떠나는 기차의 울음처럼 애절하게 부르다가
색소폰 소리에 아울러 질러대는 애창
떠나온 내 올랫길이 보였다가
낮은 오름 위로 떠오르는 태양이 보였다가
잠시 머뭇거리는 서툰 음률은
처음 내린 서울역 앞 큰길처럼
어디로 갈까 주저하다
어찌 찾은 홍등가 뒷골목
토해 놓은 어느 술꾼의 설움처럼
울음을 달래보는 선률
이리저리 엉킨 버스 노선들이 친숙해질 때쯤
도시 어느 골목 지하 노래방에서
익숙해진 손짓으로 노랠 부르고
그래도 지나간 것이 그리워 슬픔을 삼키면
바깥 외진 곳으로 겨울을 떠나보내고 있었다

✻

조곤조곤 퍼지는 생명의 수런거림
연록의 동산을 꿈꾸고 있다

숟 가 락

독 백

2월 봄의 시작

왔 소 ?

목 련

채재현

충남 서산 출생. 계간 『문파』 시 부문 신인상 당선 등단. 한국문인협회, 문파문학
회, 호수문학회 회원. 저서 : 시집 『어느 날의 소묘』, 공저 『기쁜 날, 슬픈 날, 즐거
운 날』 외 다수.

01 **숟가락** –따사론 인정

쌀 한 줌
쑥과 콩가루 섞어
여러 식구 끼니 해결하던
어머니 손길 요술이다

눈치 없는 옆집 순이
끼니 땐 줄 모른 채
영희와 공기놀이 열중인데

영희야 저녁 먹어라

두레 반상에 순이 숟가락 하나 더 놓여있고
어머니 밥그릇
반만 채워졌다

그때 마음들 보름달이었지

02 **독백**

나는 어디쯤 와 있을까

어머니가 험한 바닷길에 내려놓은 날 이후

얼마의 발자국을 지나 왔을까

○○○ 요양원
내 거주지가 되어버린 낡은 침대
따스한 그러나 무심한 손길

언제부터 기억의 창고가 부서졌는지
어제는 나를 닮은 누군가 찾아와
하염없이 바라보다
돌아서는 모습
낯설다

한때 나의 어깨에 매달리며 웃던 얼굴들
어디론가 사라지고
쳐다보는 차가운 눈빛들
내가 절벽 아래 떨어지기를 기다리는 눈치 같아
갑자기 소나기가 쏟아진다

⁰³ **2월 봄의 시작**

장미꽃 사이의 음악이 꿈틀대는 소리

숨죽이며 기다리던 사랑
연노랑 햇살로 다가와

봄의 발자국 날마다 가까워지고
조곤조곤 퍼지는 생명의 수런거림
연록의 동산을 꿈꾸고 있다

매화꽃 어드메 왔을까

2월은
아이의 그네 타는 모습처럼
두고 온 겨울자락 서성이는데
봄인지 겨울인지 오락가락하고 있다

왔소?

하지에는 어슴푸레하던 오후 아홉 시
입추 지났다고 컴컴한 밤중이네
하루 종일 달아오르던 열기
슬그머니 밀치고
2019 가을을 드릴게요
또르르 또르르
풀어놓는 서늘한 바람

왔고?
뚝뚝하고 투박한 인사
짐짓 반가운 표정 해보지만

한 해의 허리 훨씬 넘어 코앞까지 벌써?

뒤돌아서서
늘어난 실금 하나
씰룩거리며 자꾸 비벼본다

⁰⁵ ## 목련

담벼락
아른거리는 햇살 안고
넌지시 넘겨 보는 목련 나무
뼛속까지 파고드는 추위
이겨내고
붓처럼 부풀어 오른 꽃몽오리
율곡을 키워낸 붓끝인가
그리움처럼
자운서원* 마당의 서채들이
활짝 피어질 날
기다린다

---

* 자운서원 : 율곡 이이와 사임당 유택이 있는 곳

❋

따가운 모래알만 무심히 맨발에 밟혀
목마른 사랑 날려 보낸다

침   묵

바   다

여 름 비

다 시 , 그 리 움

바 람 의   소 리

조영숙

장흥 출생. 계간 『문파』 시 부문 신인상 당선 등단(2011년). 한국 문인 협회 회원.
문파 문인협회 회원. 호수 문학회 회원. 저서 : 공저 『바람의 작은 집』 『내 안, 내
안에서』 외 다수.

침묵

더듬거리는 무너진 시간들
모두가 떠난 헐벗은 고향엔
걸음 멈추어 버린 흙의 발자국
골다공증 앓고 있는 헝클어진 벽들의 정적
거미줄에 걸쳐진 힘없는 먼지 하나
연약한 어깨 들썩이며
녹슨 양철 지붕 끝에 앉은 새 한 마리
부를 수 없는 노래 뻐끔거리며
날개 접는다

땅끝이다

바다

소금기 절여진 백사장 길게 누워 있고
햇살 받으며 살 오른 갈매기들 하늘을 가른다
솟구쳤다 떨어지는 파도 뜨거웠던 여름의 흔적들
바다 눈동자 속에 잠겨 풍경이 된다
이젠 가까이 오너라

부드러운 바다 향기 모래알 알알이 속살거리고
보고 싶단 말들 쌓여 있어
너를 보려 숨 가쁘게 달려왔는데
쓰러지며 떠나가는 바위 같은 그리움
따가운 모래알만 무심히 맨발에 밟혀
목마른 사랑 날려 보낸다

03

여름비

햇살 지나간 자리 잔비 내린다
비스듬히 내리던 비는 이내 굵게 아주 굵게 땅을 적시고
나른하게 기지개 켜던 나무 허리는 주춤거리는데
빗줄기 두꺼운 나뭇잎 뚫는다

하늘에 구멍이 나 천둥소리 번개 불빛으로
숨결 잇고 있는 폭우 속에서 먼 길 다녀온 열기, 식는다
우산 사이로 들어온 비 어깨 적시고
빗소리 땅 틈새 길에 뚝뚝 박혀
제 몸 부딪기며 수직으로 웅성거리며 깊게 고인 빗물
땅은 꿀꺽 삼킨다
끌어안는다

다시, 그리움

책상 앞 액자 속
이른 아침 햇살처럼 따뜻한 손 흔들며
종일토록 웃고 바라보시는 어머니
바라만 보아도 마음 저려
마주보며 하얀 손 흔들어 본다

과로한 세월 속에 안겨 숨 고르며
슬퍼하지도 약해지지도 않으려
가슴 태우던 날들

무성한 나뭇잎의 호흡 소리에
하늘 사랑 닮은 눈빛 그리워
흐르는 시간
가슴 품에 안으니

꽃바람
강물에 흐른다

바람의 소리

길가의 소나무 짙은 초록에 스며드는데
폭풍 지나간 자리 뿌리 뽑혔다
깊은 줄 알았던 그의 뿌리
한 뼘 얇은 모습으로 드러나고
따스한 가슴인 줄 알았던 흙의 파편들
질척거리는 아스팔트에 누워
거친 호흡하며 눈물이 된다
하늘을 사랑하며 살고 끈기 있는 생명력으로 빛나
영원한 등불이기를 소원했건만
삶의 이유 잃어버린 소나무 울음소리
땅을 적신다

하늘이 흔들린다

＊

달빛은 헤아림 모르는 눈물,
헤아릴 수 없는 물결로 흐른다

이춘

경남 의령 출생. 계간 『문파』 시 부문 신인상 당선 등단. 『창작수필』 수필 부문 당
선 등단. 한국문인협회, 문파문학회, 창작수필문인회, 소항음악회 회원. 신시문학
회 회장. 수상 : 제12회 문파문학상. 저서 : 시집 『답신』, 공저 『바람엽서』 외 다수.
e-mail : sheendo.chung@gmail.com

엉겅퀴

언제 한번 나의 뒷모습을 볼 수 있을까
당신과 아니, 당신들과 함께 걸어가는 내 뒷모습을
언제 한 번 눈여겨볼 수 없을까?

손거울로 받아 비춘 다른 거울에 어른대는
내 뒷머리 모양도 서너 발 내디디면 금세 무너지고
물에 뜬 그림자는 잘해야 좌우 한쪽일 뿐
실바람에 그나마도 흩어지고 말아
때론 나를 울리는 당신의 눈에서나 찾을까 본데
앞서가는 당신은 고개를 넘고도 길이 그리 바쁜지
뒤돌아볼 겨를도 없다 하고
제 길 걸으며 수런대는 사람들은
목에 차는 숨소리로 풀잎을 밀어붙이며
나의 앞모습만 보고 나를 앞질러간다

당신이 여러 번 뒤돌아보며 떠난 자리에
거친 가시로 스스로를 둘러친 엉겅퀴 한 그루가
나의 등 뒤에서 하늘빛 꽃을 피우고 섰다

시소 타기

마주 앉아 가장 쉬운, 그러나
응용은 어려운 공중 물리학을 공부한다

무게 큰아이가
꽃보다 더한 마음으로
울타리 너머 해맑은 수선화에 눈이 팔려
제 몸 무게를 모른다

마주 앉은 아이가 엉덩이를 매만지며 까르륵 떨고
마주 보던 아이는 아래턱을 쓸며 찢긴 자국을 두드린다

먼 훗날에도 이 공식은 맞을 터
꽃들 촘촘히 핀 배롱나무 가지는 철골 울타리에 간들대고

쉽다는 일들 늘 어렵게 돌아가도
하늘에 둥둥 흰 구름 먼 강물로 흐른다

자하문에서

우리 처음 만나던 날
산빛에 내린 하늘빛이
바위를 감아 도는 여울물에 떠서는
옅은 남빛 속에 녹아드는
선홍빛 굴절이었네

변하지 못하고 머문 채로
우리를 붙드는 것은
넝쿨을 들어다 옮겨놓은 담장이가
가지 아래로 다시 드리워져
돌 이끼 깊이 앉은 바윗길에 흐르는
푸른 안개

잃어버린 남빛 고요
언제 찾을지

모란, 너의 모순이여!

너의 둘레에는 맞지 않은
빛 바래어 검게 그을리고
애초에 쌓은 돌들 기울어 경계 무너진 뜰에
나는 자유로운 정원사가 되어
오월의 모란을 다듬었네

가만한 나의 관조(觀照)에도
너의 예리한 눈 흘김에도
푸른 이끼도 안으로 스며, 검게 굳은 가지 위에
새싹은 놀라운 생명력을 발휘하며
짧은 계절 구름 맑은 하늘,
화려해서 일어나는 청순한 바람을 안고
망설이지 못하는 벅찬 뜻을 품어
나의 꿈은 부풀었네

닿지 못해도 거북하지 않은
너의 자랑과 나의 눈 속 은밀하고 먼 경치가
환해도 아주 길어 보이는 불협화의 터널 속을
겨우 보일 듯한 예각의 거리를 둔 채
눈짓 외면하며, 등 뒤에서 손짓하네

양수리에서

두 강물이 만나는 호수의 물결은
참을성 없는 눈물 같아라.

나직이 숨죽여 우는 밤새 소리 들으며
가슴 스쳐 지나가는 바람결 따라
물은 이제 저렇게 한 줄기 되어 흐르는데
눈물 헤픈 눈썹달은
숲을 헤쳐 부는 바람에 흔들려도
물결에 밀려서도, 떠나지 못하고
물그림자 깊은 고목 가지 끝에 걸린 채
눈물을 지운 눈가에
참을성 없이 또 눈물지으며
슬픈 꿈에 젖은 물망초를 깨운다

두 강물 만나 하나로 흘러도
달빛은 헤아림 모르는 눈물,
헤아릴 수 없는 물결로 흐른다

✿

내 모습 보기 위해
네 거울 보고 싶다

날　　　　　개

성 자 의 　 눈 물

기 적 　 　 소 리

향　　　　　수

사 람 　 거 울

김경명

전남 여수 출생. 계간 『문파』 시 부문 신인상 당선 등단. 한국문인협회 회원. 문파
문학회 회원. 창시문학회 회원. 한국생산성본부 전문의원. 상공부 기계공업 육성
위원. 한국생사 엔지니어링사업부장. 한국폭스보로 이사. 마샬엔지니어링 대표
역임. 한국세무사 석박사회 회원.

날개

하늘에 하얀 선 긋는다
선 끝에 비행기 매달린다
지그시 눈 감고
원 그리다 재빠르게 밖을 본다
너만 믿는다며
내 몸 맡긴다

인생 항로 무지개 선 펼친다
색깔 바꾸어 낯선 빛
아찔한 순간
하강선 그린다
눈감아 보지만 몸 둘 곳 없다
고장 난 계기 바라본다

새가 되고 싶다
하늘 날갯짓으로
높이 오르는 새
하강의 공포는 새의 것 아니다
새는 남을 탓하지 않는다
날개를 달아준 아버지가 고마울 뿐이다.

성자의 눈물

맑게 웃는 성자 앞에 병든 거지* 서 있다
당신의 털 외투 벗어 입혀주며
곪은 손등 쓰다듬는다
"금년겨울엔 감기 들지 마소"

건장한 놈팽이가 슬며시 손 내민다
우(牛)시장 소 고르듯 날카롭게
등짝부터 살핀다 이빨은, 장딴지는,
하늘 높이 솟아오른 성자의 지팡이

"썽썽한 젊은 놈이 게으름이나 부리며
빈둥빈둥 동냥질이냐?"
쏜살같이 비틀어 피하는 몽둥이
허공 가르고 땅에 탁 소리친다

피잉 도는 사랑의 이슬
거지는 건달이 아니란다.

---

* 병든 거지 : 한센병 나환자

기적 소리

도라산 역에 도착해 하늘 올려본다
흘러간 반백 년 세월
눈뜨고 기다려왔던 소망
마음만 아프다

신탄리 전선 철책선에
마주본 기관차
20대 청년 때 구멍 뻥뻥 뚫린
녹슬은 기차 화통
6·25 상처 속에 떨다 반신불수 몸뚱이로
중병 앓아 야전 병원에 후송되었지

오늘 만난 너
언제쯤 허리 펴
힘차게 발걸음 딛고 똑바로 달려갈까
디엠지(DMZ) 울타리 넘어
개성, 평양을 지나
시베리아 벌판, 모스크바 건너
포르투갈 리스본까지

고요히 울리는 평화의 기적 소리
철마는 달리고 싶다.

향수

꿈속에 그리는 내 고향
오색 선명히 떠오르는 땅
거기 언제나 싸리문 열려
따스하게 반기는 어머니 미소
집 안 구석구석마다
정겨운 형제자매들
도란거리는 소리 들리는 듯
밤이면 초가지붕에
하얀 박꽃이
무더기로 피어나는 곳
개골이 눈 비비고
하품하며 기지개 켤 때
버드나무 실 가지 파르르 떨었다
뒤뜰 양지바른 언덕에
사랑하는 조상님 계시고
우리 모두 쉴 수 있는 곳
앞 마당 감나무 가지엔
빨간 감이 주렁주렁
하얀 눈 내리는 겨울날이면
줄줄이 밀려오던 동네 아이들
손 호호 불며
썰매 끌어주던 선생님

교실 문 살며시 열고
지금도 기다리고 있을까
나 달려 가리
남녘의 안옥한 마을
풍금 소리 울리는 그곳에

사람거울而鏡於人*

내 모습 보기 위해 네 거울 보고 싶다

내 심상(心象)에 찍힌 너의 모습 아름다워
네 심상에 찍힌 나의 모습
더욱 궁금하다

너의 감성과 이성의 씨줄 날줄 위
분명한 좌표로 떠오르는 내 모습

네 거울 외면하고
수면(水面) 속에 비친
내 모습만 보고 있다

내 거울에 담겨진 모습

외모의 일편일 뿐

나의 내면 비추어주는
네 거울 보고 싶다

---

* *君子 不鏡於水 而鏡於人* : 군자는 물을 거울로 하지 않고 사람을
거울로 한다.

❊

밤 하늘 별을 바라보니
꿈이 모여든다

꿈

봄   비

어 제   같 은 데

퇴   고

십   일   월

김문한

2013년 계간 『문파』로 등단. 한국문인협회 회원. 문파문학회 이사. 창시문학회 회원. 한국문협 성남지부 회원. 문학신문 문인회 이사. 시집 『마침표 찍으려하니』 『그리움 간직하고』 『바람 되어 흘러간다』 『뿌리』 『울지 않는 낙엽』.

꿈

밤하늘 별을 바라보니
꿈이 모여 든다
이 꿈 저 꿈이 저마다 나를 부르니
간절한 것들이 많기도 하다

하지만 만만한 것은 없어
세상 속 꿈들이 흔들리고 있다
나의 꿈과 다른 이의 꿈이 다를지 모르니
흉내 내려 하지 말자
그래, 헐렁한 꿈 옷은 입지 말아야지
그 꿈이 바람에 날려갈까 염려된다

대나무는
생애 단 한 번의 꽃을 피우기 위해
세월에 넘어지지 않으려
수 많은 눈물의 마디를 만들고 있지 않더냐.

봄비

사나운 북풍 불 때마다

비명소리

따스한 바람 불던 날

구름이 숨겨둔 은침

몸살 난 육신 치료한다

활기 되찾은 손과 발

막혔던 피 걸러 내

기어이 새 눈 틔운다

살아났구나, 시든 목숨 살린 비.

어제 같은데

들꽃이 아름답게 널려있는
산기슭 목조 찻집에서 처음 만나
나는 그대를 그대는 나를 사랑한다고
맹세하던 때가 어제 같은데
어느새 낙엽 지는 가을이 되었네요

처음 잡은 부드러운 손 소나무 껍질처럼 되고
나를 바라보던 눈은 그때나 지금이나 변함없는데
윤기 나던 검은 머리에 서리 내리고
고운 얼굴에 새겨진 흔적 마음 아프게 합니다

둘이서 세웠던 젊은 날의 계획
달빛 같은 희미한 어둔 세상 더듬으며
애쓰며 살던 날이 바로 어제였는데
화살처럼 세월은 가버리고

함께 꿈꾸며 가꾸던 이런 일 저런 일이
아득한 옛이야기가 되었습니다.

퇴고推敲

시를 쓴다는 것은
목수가 나무를 다듬듯이
영혼의 뼈를 깎아내는 것이라기에

밤새워
깎고 또 깎았으나
매끄럽지 못해 허전하다

해가 떠오르는 아침
속 쓰려 냉수 한 잔 마시고
지나온 길 되돌아본다

재주 없는 머리
하던 일 서랍에 넣어두고
이런저런 시어를 묵상하다 이건가 하고

백일 만에 꺼내어
뼈를 깎으니
깔끔한 시 한 줄이 생겼다.

십일월

길가에 놓고 간
바랜 가방

가방 속에
시집이 있고
표지 그림에는 이파리 없는 나무에
겨울이 앉을 채비하고 있다
시집을 펼치니
추수가 끝난 들판처럼
누렇게 바랜 시들이 쓸쓸해 보인다

석양이 비추고 있는
힘없는 산 그림자
시름을 하소연하고 있고
어둠 같은 세상을
누군가 휘파람 불며 지나고 있다.

항아리 가득한 물 위에 뜬 달빛
밤하늘 푸르디 푸르게 여문다

넋	두	리	
바 람 의	소	리	
그 곳 에	가	면	
대 나 무	숲		
5		월	

김건중

전북 완주 출생. 계간 『문파』시 부문 신인상 당선 등단. 한국문인협회 회원. 문파문학회 이사. 창시문학회 회원. 대한민국 미술대전 2회 입선. 대한민국미술협회 회원. 개인전 1회(서울갤러리). 저서 : 시집 『길 위에 새벽을 놓다』. 공저 『가을 그리고 소리』 『그림이 맛있다』 『2015 문파대표시선』 외 다수.

넋두리

혀짤배기 어수선한 소리 같아
귓등에 엉겨 붙어
넘어가지 못하는 비계 잔뜩 낀 말
의도된 속풀이로
험담같이 심장 박동 멈칫 비껴서는 상채기

모양 없고 형체 없다 함부로 토해
지껄이다로 통칭되는 헤퍼진 언어
밖으로 새 주워 담을 길 없어
주름 펴고 번져간다

영원하게 갈 수 있는 말이 아니더라도
오래 기억되는 순수함을 찾는
고뇌에 찬 시인의 목소리 들리지 않고

말라빠진 말의 성찬
하늘 들어 채반 위에 씨앗 건지려니
씨알머리없이 자란 넋두리만 황량하다

바람의 소리

서닥 바위 모퉁이를 돌아서는
바람의 손짓
소나무 가지 위에 흔들 답을 전하고
추위 끝자락 매듭 풀어진다

마무리 끝난 목화밭 끝머리
가벼운 냉이 뿌리 기지개를 펴고
밭두렁 돌아오는
삼촌 아저씨 가벼운 흥얼거림
야트막한 안골 마을
푸른 시절이 녹아 내린다

지나려면 그렇게 오금 저렸던
뽕나무 밭 뒤켠 상여집 처마마저 내려 앉아
더욱 스산한 서쪽 하늘

아쉬움에 떨던 아궁이의 솔가지
타는 냄새,
저녁 노을 허기짐 어둠을 끌어안고
박새 한 마리 날개를 접는다

그곳에 가면

그곳에 가려면 짧은 삼베 잠뱅이 걸친
코흘리개 시절 먼저 와 있다

전주에서 60리 잔자갈 깔린 신작로 따라 걷다 보면
어쩌다 지나는 목탄 태워 연료로 굴러가는 화물트럭
너무 신기해서 뒤를 쫓다 숨차 엎어져 버리고

마을 어귀 들어서면 몇 아름드리인지 모를
산등성처럼 우뚝 선 팽정자나무 그 밑에
그늘 폭 넓어 영감님들 "장야" 하는 긴 목소리
여름 더위가 식어간다

골목에 뉘 집인지 사립문에 걸쳐진
영문 모를 새끼 금줄 마른 고추, 숯덩이 달고
방 안에 아기 우는 소리 골목 안 햇빛이 따스했다
초가지붕 위 서리 맞아 축 처진 호박잎 달덩이 같은
노란 호박덩이 끌어안아 가을 저무는 소리

마당 앞에 서면 행주치마에 손 닦으며
부엌문 나서는 앞니 빠진 어머니 얼굴
환영이 자꾸만 살아난다

대나무 숲

마을 이력 꿰뚫는 토담 뒤켠 등성이
죽마(竹馬)의 서정 파릇한 대나무 숲에
추적추적 봄 비 내리는 한밤

마디마다 빈집 열어 공허를 쫓는 건가
곧게 자라 하늘을 찌른 깍마른 본대
촘촘함 어둠을 짙게 하고
숲 이룬 이파리 빗줄에 젖어
숨어 들어간 참새들 잠자리가 미끄럽다

서걱거리는 댓잎의 속삭임
선잠 깬 어느 시인의 고뇌가
깊어져 감성 흔들고
은은한 대금의 울림같이 높았다 낮아져
조용한 시조 한 가닥 밤하늘에 퍼진다

대쪽같은 성품 선비 길러
충신 절개 지키는 궁성의 비밀
정의는 곧아야 한다는 일깨움
사군자의 하나로 일품이다

비구름 지나 어둠 깬 아침
죽순 3尺이나 자랐다

5월

꽃향기 삭기 전 푸르름으로
성숙한 아가의 웃음 함박진 5월

감당하기 어려운 젊음 터지는 짙푸름
잔디밭에 누워있는 햇볕 싱그러워
순결의 창문만 열리는 바람의 꽃
남쪽 방향으로만 분다

사정없이 울어대는 맹꽁이 갈라진 목소리
밭두렁 넓혀 놓고
옥수수 수염 길어지는 숨소리 들린다
장다리 꽃이 만발한 지평에 봄은 가득차고
저수지에 수위 높아져
짠 붕어 떼 자맥질 소란스러움 숲속 고요를 깬다

꽃 잔치 풍덕지게 높이던 계절의 턱을 넘어
익숙된 몸치장으로 바꿔 단 이름표

항아리 가득한 물 위에 뜬 달빛
밤하늘 푸르디 푸르게 여문다

봄이 오려나
겨울 끝자락 창문이 밝다

봄 창 이 밝 다

버 려 진 의 자

쪽 빛 바 다

히 아 신 스

봄 이 짧 다

김용희

충청남도 논산 출생. 계간 『문파』 2014년 시 부문 등단. 문파문학회 회원. 호수
문학회 회원. 저서 : 공저 『열한 개의 소나타』 외 다수. 서울, 용산, 미술협회 회
원. 대전 현대갤러리 가족 전(展).

만삭을 두려워하지 않는 새날로 밝아진다

봄 창이 밝다

봄이 오려나
겨울 끝자락 창문이 밝다

걷잡을 수 없는 세월은 가고
냉이꽃 보일락 말락 피어나

개나리 노란 미소
진달래 연분홍 얼굴 화려하다

벚꽃 만개하여 훈풍에 꽃비 내리고
연분홍 꽃길 융단 깔아 놓은 듯
폭신폭신한 길 아까워 갈 수 없는 그 길

동네 한 바퀴 돌아 보니 천국이다

버려진 의자

벼르고 벼르다 장만한 의자
예쁘다고 반겨준 세월 먹고
오랜 세월 몸부림치며 늙었다

허물 벗겨지고 모양 보기 싫어
분리수거장에 버려진
아무도 반겨주지 않음 알기에
체념하는 마음 깊어만 가고

지나간 행복한 날들 생각하며
밤하늘 하염없이 바라보고
수없는 별 헤일 뿐이다

새 옷 입고
행복하게 살고 싶은 의자의 꿈

쪽빛 바다

묵묵히 앞만 보고 산 세월
수없이 부서지는
파도만큼이나 많은 세월 보내고
이렇게 상념에 빠져 하염없이
바다를 본다.

눈 속에 물방울 맺히는 것은
보고픈 마음
침을 삼키는
지나간 세월 그리움 삼키는 것이다

소나무에 구름 살짝 걸쳐있는 배경
어찌 그리 바다와 잘 어울리는지
모래밭 밟으며 하염없이 걷고 있다

뒤돌아
볼 수 있는 바다

히아신스

설 사흘 전
시들어가는 꽃대에
꽃 하나 올라오고 있다

시든 꽃대 잘라주며
설에는 꽃이 피면 좋을 텐데
기다리던 날들

설날 아침 눈에 들어오는
식탁 위
연분홍 히아신스의 미소

향기 그윽하게 온 집안을 흩뿌리고 있다

봄이 짧다

푸른 초여름
농 속에서 꽃구경도 못 한 봄옷
내년을 기다려야 한다

여름이다
승낙도 없이 내 곁에
가까이 오고
시원한 여름옷 갈아입고 외출 준비 바쁘다

누구의 여름인가
산색은 예나 지금이나 변하지 않고
아무도 잡을 수 없는 여름

뜨거운 여름이다

❋

반짝반짝 떠오르는 생각
햇빛 속을 걷는다

기 억 의   외 출

널   그 리 며

달   력

맛 있 는   시

그 분 이 오 셨 습 니 다

정정임

충남 아산 출생. 계간 『문파』 시 부문 신인상 당선 등단. 문파문인협회, 수원문인
협회, 동남문학회 회원. 문파문학회 운영이사. 수상 : 제14회 동남문학상. 저서 :
공저 『껍질』 외 다수.

기억의 외출

깜빡
깜빡

가물
가물
기억이 길을 걷는다

가스불은 켰는지 잠갔는지
약은 먹었는지 안먹었는지
빨간 신호등 앞에 선 기억
무작정 길을 떠난다

걷고
또 걷고
하루 종일 걸어도 제자리 걸음

노선 없는 초행길에 흐르는 까만
시간
퉁퉁 부은 발자국마다 새겨놓은
선홍빛 글씨
외.출.금.지.

널 그리며

널
생각하면 웃음이 나
널
생각하면 후회가 돼
그리운 기억이
내 가슴을 두드린다

서성이다 서성이다
멀어지고 멀어지는

멀어지다 멀어지다
몽글몽글 피어나는

내 마음속 일렁이는
너울성 파도
그리움

달력

숫자들이 모인 이부자리에
첫째부터 막내까지
나란히 누워
별을 세듯 쌓아놓은
수많은 세월

30명의 가족을 이끄는 가장은
월이 되고
년이 되어
세월로 흐른다

맛있는 시

번뜩 스쳐가는 언어
재빨리 낚아채서
마음의 그릇에 담는다
아무도 모르는 나만의 레시피
발그레한 색을 입힌다

잘박잘박 가슴속에서
익어가는 언어
입가에 맴돌다 사르르 녹아내리면

반짝반짝 떠오르는 생각
햇빛 속을 걷는다

그분이 오셨습니다

닫힌 문을 쳐부수고
단숨에 와서
빨리 옷 벗으라
호통치고 떠나십니다

소리도 없이 어느 순간에 숨어들어
두꺼운 옷 입으라
고함치고 떠나십니다

꽃이 필 때는 멀리 떠나계시다

꽃이 질 때쯤 찾아오시는 감기 같은 분

그분이 오셨습니다
아~그분이 오셨습니다
울그락
불그락
홍조 띤 얼굴
변덕이 끓여놓은 죽 한 사발

사춘기보다 무서운
그녀들의 병명
갱년기

부적 같은
부채
손수건
꺼내놓자마자
빙그레 웃으시는 그분

이제 같이 살자 하십니다

✿

산과 들이 몸 비틀어 용트림하고
나뭇가지 마디마디 봄이 툭툭 터진다

봄 　 마 　 중

아 기 천 사 꽃

봄 　 오 는 소 리

물 　 구 　 나 　 무

슈 　 퍼 　 　 문

원경상

경기도 과천 출생. 계간 『문파』 신인상 시 부문 등단. 동남문학 회장. 계간 『문파』
부회장. 수원 문학회 회원. 동남 문학상 수상. 저서 : 『언어의 그림』, 공저 : 『1초의
미학』, 『포도밭』 외 다수.

봄 마중

땅 껍질 벗겨진 산허리 걷노라면
구불구불 오솔길에 까치가 울면

동백 꽃잎 사뿐사뿐 내려앉은
봄 부르는 여인의 손짓 설화를 본다

빨간 입술 적시며 봄 마중하는
솜사탕 여인 여린 가슴이 붉다

아기 천사 꽃

메마른 돌 틈바구니 뚫고 갓 나온 어린 새싹
낯선 폭풍우 지나갈 때 무서워
울음을 터트렸다

비바람에 흔들리다 쓰러질 때마다
다시 일어나 꽃대 올린 꽃 천둥번개 우는 소리
왜 그리 무서웠는지

머리에서 발끝까지 전부 예쁜 꽃
내 눈에 들어간들 어찌 아프랴
꽃 중에 아기 천사 꽃이 제일 좋더라.

봄 오는 소리

대문마다 입춘대길 바람이 불면

산과 들이 몸 비틀어 용트림하고

나뭇가지 마디마디 봄이 툭툭 터진다.

물구나무

머리는 땅으로 발은 하늘로 갔다
뒤집힌 천지 매달린 물에
풍덩 빠진 구름 덩어리
물구나무 한 번 선 것뿐인데
세상이 뒤집어졌다 떨어진 운동화가
눈에서 멀어져 간다

몸 안에 대동맥 핏 길 22만km
착각 착각 시계 소리 작아질 적에
멀어지는 까만 점 하나

슈퍼 문

수많은 옛날 얘기 들려주던 달
바다를 밀고 당긴 슈퍼 문 떴다

달 한 발 내려오고 바다 한 발 올라간
가장 가까운 지구보다 더 큰
정월 대보름 달 떴다

남녀노소 손 모아 빌고 빈 소원
달집에 담아 불태운 꿈 어두움을 대낮이
밝힌 하늘 올려보낸다

기해년 2019 해 뜬 정월 대보름 달은
평소보다 15% 더 큰 슈퍼문 떴다
제주 바다 수면을 339cm 끌어당겼다

✳

가슴에 가득 담고 싶은 밤
깊어간다

별
─────────
야간 열차 차창에서

하   루

눈 내 리 는 밤

나   락

김광석

경북 칠곡 인동 출생. 2016년 계간 『문파』 시 부문 신인상 당선 등단. 문파문학 회원. 동남문학 회원. 창시문학 회원. 한국문인협회 회원. 저서 : 시집 『시공 없는 사유』 공저 『1초의 미학』 외 다수.

01

별 Les Étoiles

봄부터
생명의 꽃 피워
가쁜 숨으로 달려온 대자연
이제 무엇을 생각해서인가 쉬엄쉬엄 걸어간다

지난 한더위 이글거리는 햇볕에 생육해져 온 생명들
겨우살이 긴 밤 잠에 들려 예쁜 겉옷 하나하나 벗는다

지난 쓰디쓴 고난은 시간이 아픔을 자연 치유해주고
상처는 아물어 일상은 아름다운 추억으로 쌓여가는 밤

지금 별 영롱하게 피어나는 겨울 향한 코스모스 밤길
별이 초롱한 대자연 프로방스로 함께 가 겨울이 되면

요정 스테파네트가 있는 알퐁스 도데의 소설
『별』의 아름다운 사랑 이야기
가슴에 가득 담고 싶은 밤
깊어간다

야간 열차 차창에서

한 해가 남겨놓은 날들이 한 자릿수로 줄어들다 어김없이
태양이 반환점 남회귀선에서 동지(冬至)를 만나는 날이다

눈앞 일상에 익숙한 파랑새도 가끔은 옛날을 더듬어 보고
어두운 심해에서 눈이 퇴화한 대왕오징어 육감으로 먹이 찾듯
내게도 작은 영감으로 가고 오는 한 해를 회상하는 시간이다

밤이 가장 긴 계절은 이 땅 젖고 얼어 겨울잠 깊이 들게 하고
엄마가 끓여주던 동지팥죽은 한 살 더 먹는 기쁨과
설을 기다리는 동심에 달콤한 새알심 팥죽 맛이 좋았다

마음 살붙이 내리사랑 삶 이어주는 자연의 연결고리
크고 작은 삶의 언덕 넘을 때마다 생각나는 어머니 당신

하루

막내 할아버지 저 아시겠지요
당신이 내게 놀이시켜주던 일 생각납니다
장난감이라곤 별반 없던 시절
흰 고무신 한쪽 접어 다른 한쪽에 넣으면
훌륭한 꼬마 자동차가 되었습니다

시간이 물 차오면 우리는 잠깁니다
당신도 세상 사람 모두 말입니다
시간을 믿는 것은 속절없습니다
당신 빼닮은 고모 두 분만 남지 않았습니까

당신이 주신 사랑
절대 아름다움으로 바꾸어 보렵니다
당신 찾아갈 때 보여드리려
오늘도 이른 새벽을 삽니다

도시인의 하루

눈 내리는 밤

남겨둔 까치밥
허기진 겨우새 기다리고
함지박 가득 감홍시
아랫목 화롯가 아이들
몫이다

밤은 깊어져
바람도 자고 시간 멈추면
온천지 티끌 없는
천진난만 아이로 태어난다

산천 초목 뒤덮혀
어제가 흐려지고
오늘 부푼 꿈 먼 설산
까마귀마저 학이 된다

먼 길 달려온 고단한 몸
눈 털어 사랑방으로 모시고
아름다운 이야기 나누는
눈 내리는 밤

나락奈落

넓은 바다 한낱 새우들 산호초 즐길 때
자본의 단맛 본 고래는 먹이 연쇄 이룬다

깊은 물밑 고요 무슨 소리 들릴까
청각 좋은 그놈 그 소리 들림에 확실하다

지구 이곳저곳 인간 세상에
기쁨 뒤 언제나 슬픈 이야기 들려온다

심해(深海) 마천루 높아 갈수록
세상 불협화음 수면 위로 퍼져 나오고

마리아나 해구 톰 소여의 모험도 안네의 일기도 없다
오직 적막만 흐른다

더 내려갈 곳 없는 바닥 이제는 반등의 시(時)
나로 발사대 별나라 꿈 쏘아본다

✤

지나온 발치마다 무지개는 졌는데
어제 진 꽃들을 피워내고 있다

고향 떠난 아줌마를 만나

그 녀 가 울 던 날

궤도를 벗어난 이름

목 련 꽃 을   보 며

오 늘 같 은 날 엔

윤정희

전북 익산 출생. 2016년 계간 『문파』 시, 수필 등단. 계간 『문파』 회원. 한국문인협
회 회원. 시계문학회 회원. 저서 : 공저 『그냥 또 그렇게』 외 다수.

고향 떠난 아줌마를 만나

노을 진 물굽이에 배를 띄우지 마세요.
그리움 출렁이던 그 시절에
멈춰있길 바래요
살여울 덧없이 흘러갔어도
책갈피에 끼워놓은 꽃잎처럼
제 마음 지금도 아줌마의 고왔던
그 시절 속을 거닐고 있어요.
비단결 윷동 치마저고리에 모란처럼
탐스럽고 화사하던 모습
흰 고무신에 담긴 하얀 버선발이
떠오를 때면 두툼한 내 발을 매만지며
미소 짓던 저였답니다.
언제나 그리워 달려가고픈
금잔디 동산 같은 둥실함 품은
늦가을처럼 가라앉아 마른 가지 스치우는
오솔길처럼 향기만이 아득하네요.
손톱에 봉숭아 꽃물이 초승달로 지면
내 간절한 그리움 철 지난 울 밑을 아장거렸던
단발머리 계집애가 할미꽃을 피워냅니다.
쌍무지개 언덕을 오르던 몸짓이
긴 호흡 내려놓고 되돌아보니
지나온 발치마다 무지개는 졌는데
어제 진 꽃들을 피워내고 있습니다.

그녀가 울던 날

오월 어느 날
이웃 옴팡한 그녀의 마당에
먼 길 떠날 상여를 놀리고 있었다.

돌배기 어린 상주는
상여에 꽃을 따 달라 울고
둥그래미 몸치에 애미는
광목 치마저고리에
설움에 퉁퉁 부은 울음을 쌓아 들고

꽃무릇 상여가 흔들릴 때
상여를 막아선 그녀의 몸부림
올무에 걸린 들짐승 같았다

치자 꽃향기 부부의 모습이
열흘 붉고 말 인연이었나
피울음으로 찢어진 하늘을 깁던 그녀는
어느 뉘 갈비뼈에 기대고 있을까

울타리 뒤에 숨죽이던 내 울음이
이명처럼 울리던
오월의 그날이 굵은 바늘처럼 꽂히고 있다

궤도를 벗어난 이름

꽃이
짓무른 자리마다 가슴을 틀어쥐는
구겨진 말들을 모아 비문을 새긴다.

언제부터 이었을까
이끼 낀 그 미소는
네 생에 의미를 풀지 못한
물기 잦아드는 모습을 바라만 봐야 했었는지
차갑게 식어만 가던 네 눈을
되돌릴 수는 없었는데

허공에 날려 버린 난수표처럼
그 허연 웃음은
난청을 앓는 생의 고비마다
누구를 향한 위로였을까

허물을 벗어버린 너는
어느 별을 향해 가고 있는지
네 이름을 지워야만 하는
애끓는 이름들만이
움푹 패인 가슴속에서 울고 있는지

이제는
한 궤도를 돌 수 없는 너와 나
달의 눈언저리도 붉은 저녁
하늘에 심어 놓은 별들의
쾅쾅거리는 심장 소리 들리지 않고
아무리 느려 봐도 닿을 수 없는
너를 향한 나의 자전이 아리다

⁰⁴ **목련꽃을 보며**

선걸음으로 봄비가 다녀간 뒤
앙상한 우듬지에 잇몸을 뚫는 뽀얀 젖니
엷은 봄을 물고 흔든다.
흰 옥양목 앞치마에 정지 문을 넘어오던
내 할머니 모습처럼 다소곳이 고운데

목을 늘이는 하얀 살빛들
가지 말라 붙잡지 못한 목메임을
행여 임께선 잊으셨을까
살포시 벌어지는 입술 목련꽃 전설을
배냇짓 향기에 실어 보냈을까

어긋난 계절 앞에 그리움은
골짜기처럼 깊어만 지는데
설렁거리는 짧은 봄날을 부여잡고
지난 세월의 한 모퉁이를 돌아본다.

드센 세월 짙은 그늘 속에
억겁의 정성으로 성을 쌓으셨던가.
새봄 아씨처럼 단아한 모습은
꿈길조차 무심하신데
머물렀던 자리마다 우줄우줄
마냥 향기로운 봄이었겠다

05   ## 오늘 같은 날엔

바람꽃처럼 흔들리는 이팝나무 아래
출렁이던 오월의 보리밭을 걸어오던
둥실한 엄마의 모습이 떠오릅니다.

나의 시 한 수를 읽어본 친구는 일찍
엄마를 잃어버려 서러워서 울기만 했다는 말에
모진 데라곤 하나 없는 엄마에게

왜 감사하다는 말 한마디 생전엔 못했는지
명치끝을 헤집는 회한의 묵은 뿌리에
새순 하나 터져 올라 그것이 눈물입니다

어버이날이라 내려오겠다는 딸에게
어서 오라는 말 대신
日 日이 어버이날이라고
흐르는 물길에 둑을 쌓습니다.

엄마 얼굴만 바라보고 있다 갈 거라는
오월처럼 푸르른 우리 딸 웃음소리에
나는 메아리도 없는 친정집 전화번호를 꾹꾹
눌러대고 있습니다.

추운 밤 잠들지 못하고
따뜻한 봄날을 꿈꾼다

떠 나 간	여	인
작 은		새
된 장 찌		개
겨 울		밤
감 사 합 니		다

심웅석

충남공주 출생. 서울대의대 졸업. 정형외과 전문의. 계간 『문파』 시부문 등단
(2016). 문파문학 운영이사. 시계문학회 회원. 한국 문협 회원. 용인 문협 회원. 함
춘문학 회원. 저서 : 시집 『시집을 내다』. 수필집 『길 위에 길』. 공저 『그냥 또 그렇
게』 외. e-mail : grayman75@naver.com

떠나간 여인

그녀는 때 묻지 않은 청춘
내 인생, 외로운 가을 나그네

괴테의 사랑을 상상하며
그녀를 사랑했었지

아낌없는 사랑의 공감이었어

가을비 내리던 날
그녀는 떠났어
조용히 웃음을 보였지만, 나는 알았어
속으로 울고 있다는 것을

가슴에 남아있는 그녀의 모습
맑은 사랑이었어

작은 새

홀로 울고 있었다
울다 지치면 하늘 한 바퀴 돌아와
같은 나뭇가지에 앉아 울었다
친구도 새끼들도 보이지 않아
외롭고 측은해 보였다

얼핏 숲속 벤치에 앉아 있는
내 모습이 비친다
지팡이 하나뿐 아무도 없다
저 새가 하늘 한 바퀴 돌아오는 사이
지나온 날들이 머릿속을 스쳐간다

고독한 삶의 여정이 산길 따라 이어지고,
내 발자국은 슬픈 산새 소리를 밟는다

된장찌개

속마음 줄 수 있는 오랜 친구

입맛이 다 떠날 때 옆을 지켜주는

상 가운데 앉아서도 잘난 체하지 않는

쏟아지는 찬사마저 보리밥에 넘겨주는

독 안에서 조용히 면벽참선하던

눈 감으면 보이는 한 사람,
때 묻지 않은 영혼이 저기 하늘로 간다

이제는
그 앞에 앉으면 많이 아프다
이럴 때면 나는 빈 가슴에 시를 쓴다

겨울 밤

사방은 호수처럼 고요하고
싸륵 사르륵 내리는 눈은
외로운 가로등을 어루만진다.

글 모르는 할배들 모이는
이웃집 사랑방 등잔 밑에서
심청전을 읽어 주시던
아버지의 낭랑한 목소리 그리워진다

겨울밤 정겹던 고향집은
전설 속으로 사라지고,
저기 눈 맞으며 서 있는 것이
가로등 전봇대인가, 나인가

이 추운 밤 잠들지 못하고
따뜻한 봄날을 꿈꾼다

감사합니다

노년에 암이란 병을 내려주신 후
항상 '죽음'을 곁에 두고 살게 하심으로,
노인의 아집과 인간의 끝없는 욕심을 버리게 하시고
세상을 아름답게 볼 수 있는 눈을 주시어, 감사합니다.

냇가에 곱게 핀 들꽃들의 미소
졸졸 흐르는 시냇물 소리
숲속에 지저귀는 산새 소리
나뭇잎에 쏟아지는 눈부신 햇살
공원에 내려앉은 가을 냄새
창밖에서 웃고 있는 둥근 달님.

모두가 사랑입니다

※

내 심장에 라즈베리 색깔로
불타오르는 망각의 시간

공　　　　　　황

산 중턱 구천에서

탄　　　　　식

지난 5월의 바람은

창 밖 전 경

장선희

충남 예산 출생. 2015년 계간 『문파』 신인상 당선 등단. 동남문학회 회원.

공황

일순간, 길 가다 떨어진 핸드백 속의 흐트러진 물건들

엄습한 세상의 온갖 가시들이 내 왼쪽 심장을 날카롭게 후빈다

헐떡이며 뒷목까지 뻣뻣하게 굳어져 가는 숨통 핏기 빠진 박제
된 심장처럼

암전된 허공에 껼떡이는 숨마저 석회질 덩어리로 감싼 채 흔들
리고 내동댕이친다 흙 속으로부터 불려 나온 날 다시 서서히 액체
화 시키며

세상에서 멀어져 가는 구멍 난 배에 올라 표류의 길에 나선다

일순간, 아득한 무의식 속에서 비밀스레 다가온 수수께끼 같은
뗏목

누군가 기별도 없이 비밀의 정원에 들어왔다 사라진

굵은 소낙비 같은 인기척 해명하기 힘든 죽음의 물속까지 찾아
들어와

내 심장에 라즈베리 색깔로 불타오르는 망각의 시간

잠시 덮고 부끄러움을 느끼지 않을 만큼만 흐려졌던 기억을

줄로 엮어 주워 담는다

산 중턱 구천에서

산 중턱
구천에서 들려오는 종소리
누렇게 누운 메마른 보리밭 밟으며
창백한 바람이 서글피 우는
단조 음향 하나 들고
말 없는 소나무 숲 사이에 떨군다

황토 속살 드러낸 자리 위로
창공을 더듬더듬 찾아 날아온
한 마리 솔개
검은 수피색 입은 나무 숲 사이사이로
돌고 돌아 빠져나간다

03

탄식

언덕배기에서 들려오는 바이올린 소리
바람깃으로 녹슨 창틈 비집고 들어와 허밍소리를 낸다
맵시 있게 다듬어진 음색 삐거덕거리는 현을 조이고
팽팽히 당긴 운율 공명 속으로 들어간다

타탁! 탁! 바람 부는 대로 점점 불꽃 튀며 타는 희나리
소리는 정원을 환하게 밝혔다가 어두운 들풀 색으로 바꿨다가
얇은 책장 속 한 페이지마다 다양한 색채의 옷을 입고
부등호 같은 도시 위로 내려놓는다

도심에 흐르는 비취색 강줄기처럼
쭉쭉 뻗은 소나무 같은 다리교각들처럼
늙은 플라타너스가 무덤 속 침묵을 깨고
강둑 위 가등 터지듯 복잡한 밤길이 보이길

세간의 시간 스쳐 갈 때마다 색 바랜 노란 외줄이
거칠게 길들여진 성형된 차선 위 황색 신호 딜레마에
잠시 머물다 각자의 운명 길로 빠져 달린다

지난 5월의 바람은

5월의 바람은
숨겨 두었던 욕망을 쏟아내는 심리술사다
넓은 잎사귀들이 부딪치며 내는 소리와
쭉쭉 뻗은 복숭앗빛 속살을 살짝살짝 드러낼 때면
높은 과속 방지턱에서 내려와
심장의 찰나성같이 순식간에 오르가슴의 종을 친다
낮의 대기가 미끄러지듯 어루만지던
터질 듯 부푼 꽃망울
노란 송화 가루 살포시 입혀 잔잔히 틔운 빠알간 꽃
슬며시 몸을 기울여 시간에 닿는다
움직이지 않는 바람은 없다
바람의 존재를 느끼지 못하는 것은 죽음뿐
나무가 새 옷을 입을 때마다 미처 털어내지 못한 내력,
은연히 떠도는 체념도 한동안 조용히 멎었다 다시
그 바람을 맞이한다
여전히 찾아오는 푸른 바람

창밖 전경

바람은 마치 공간을 감싸며 자연을 흔드는 듯
모든 걸 살아나게 한다
분명, 삐뚜름하게 뻗은 나무초리는
잠에서 깨지 않았다
바람이 잔가지들을 쓰러질 듯 흔들어도
흑갈색 나무는 소란한 인생 놀음에는
무심히 흘려보내는 줄로만 알았다
알 수가 없다
어느 틈엔가, 창밖 너머 우뚝 솟은 나뭇가지에
꼼질꼼질 싱그런 풀색 부채살이
여인에게 홀린 듯
바람이 이끄는 대로
습관적인 몸짓으로 교태를 부리고 있다

웅크렸던 버들강아지
하얀 솜털 비집고 살포시 웃는다

숨어버린 달님
잠 든 엄 마
열 리 는 봄
돌 아 보 지 마
울 엄 니 성 화

윤영례

충북 청원 출생. 계간 『문파』 신인문학상 당선. 경기민요, 장구 고수 강사. 노인대
학 실버예술단 단장.

숨어버린 달님

후덥지근한 한 여름밤
모깃불 쑥 향 그윽한 마당
멍석 베고 누운 정다운 오누이

누나 지붕 위 둥근 박이
꼭 달님 닮았다
똘이 얼굴도 달님 닮았다

어!, 달님이 물이 빠졌네
똘이는 달님이 빠진 함지박
슬며시 들고 방으로 들어갔다

누나, 달님이 숨어버렸다
달님은 내가 싫은가 봐

잠든 엄마

자장가 삼아
동화책 읽어 주던 엄마
그만 먼저 잠이 들었다

엄마 자?, 대답 없는 엄마

금붕어는 뻐끔뻐끔
시계도 똑딱똑딱
안 자고 놀자는데

베개야 자니?, 너도 자는구나

열리는 봄

찬 바람은 뺨을 할퀴는데
웅크렸던 버들강아지
하얀 솜털 비집고
살포시 웃는다

툭탁 꽃봉오리 터지는 소리에
늦잠 자던 겨울이 쫓긴다

봄 햇살에 살며시 고개 들고
보도블록 틈새 비집고
활짝 웃는 민들레
강인함 그 앞에 서서
겸허히 그를 응시한다

돌아보지 마

양지바른 장독대
정 뿌린 작은 화단
주인 잃은 담장 위 넝쿨 장미
한 번 더 입맞춤하는 엄마
눈치 없는 아빠는
어서 나오라 재촉했다

남의 집 같은 우리 집
성냥갑 같은 아파트
순식간에 오르는 승강기
창가로 달려간 엄마
베란다 창 확 열어젖혔다

와! 우리 넝쿨 장미가
저기 먼저 와 있다
아파트 담장 넝쿨 장미가
엄마 입주 환영 퍼레이드

울 엄니 성화

귀밑머리 희어진 여인
주름진 골자기 더듬어
찾아간 옛 고향 산천
호젓한 오솔길 접어드니
오라는 비인지 가라는 비인지
마음까지 촉촉이 적셔 주는 가랑비

엄마 품속 같은 초가삼간
흔적도 없이 사라지고
낯선 기와지붕 위 와생초
굳게 닫힌 대문들

문풍지 바람에 쓰러질 듯
흔들리는 석유 등 불빛
군불 지핀 아랫목 이불 속
자리다툼하던 자식들
그만들 자그라, 하시던
울 엄니 성화만 허공을 나른다

✳

저녁노을이 아름다운 날
차 한 잔이 누군가를 기다리고 있다

바 다 에 뜨 는 별

오 늘 은

보 리 암

봄이 오는 길목은

찬 란 한 왜 곡

윤복선

충남 부여 출생. 계간 『문파』 신인상 시 부문 당선. 한국문인협회 회원. 문파문학
회 부회장. 창시문학회 회장. 저서 : 시집 『숲은 아직도 비다』 공저 『문파대표시
선』 『사랑의 역설』 외.

바다에 뜨는 별

남해 바다에는 별이 뜬다
바람 없이 잔잔할 때
잠깐씩 오르는 작은 물결 꼭짓점에 떴다가
쉴 없이 떨어진다
비가 오는 날 우산 속에서
당신의 오른쪽 어깨가 젖으면
나는 왼쪽 어깨가 젖을 때에도
별을 달아 꿈꾸게 한다
불러서는 안 될 이름도
부르지 못하는 이름도
부르지 않고 싶은 이름도
조각난 기억 속에서 맴돌다가
바다는 모든 것을 품어버린다
그리고 긴 밤이 지나서도 오래도록
그 바다 출렁인다

오늘은

따콩
따콩
슝
구십의 노병은 이십대의 청년 시절
나라의 운명 앞에
목숨을 걸었다
생사를 넘나들면서도
내일이 있다고 믿었기에
영한사전 군복 호주머니 속에
심장처럼 같이 뛰었다
피로 물들었던 고지
산새도 숨죽였을 전선
달빛에라도 빌고 또 빌었을 어머니의 기도로
진달래는 하염없이 피고
조명탄이 꺼지면 매캐한 화염위에
별들은 무슨 까닭으로 그렇게 쏟아졌는지
지금도 들리는
따콩
따콩
슝
통한으로도 갈 수 없는 그 세월
이렇게 지켜진 오늘이
노병의 눈동자에서
자꾸만 흔들린다

           -시인 김문한 선생님의 6·25전쟁 군 시절 말씀을 듣고

보리암

세상 소음 다 버리고
자연의 소리만 따라 오르는 길
먼 산은 봄 햇살 품에 안고 꿈꾼다
울 일 있으면 웃을 일도 생기는 것이
인생이라고 가르치는 너는 그 흔한
풍경 하나도 닳지 않았다
상춘객으로 발 디딜 틈 없어서
더 외로워 보이는 너 그래도
뒤안에서는 자고 나면 돗나물 오른다
물 한 모금 못 얻어 먹었어도
바닥에 바짝 엎드린 들꽃
누군가에도 긴 밤이 있었겠지요
향기가 전하는 말 뒤로하고
준비없이 흐르는 눈물 보태져
바다는 소리 내지 못하고 굽이친다
오늘도 쇠제비갈매기 날아오르는
바다만 바라보는 네 생각 알지 못하고
돌아선다

봄이 오는 길목은

저녁노을이 아름다운 날
차 한 잔이 누군가를 기다리고 있다
액자에서 튀어나온 노란 민들레 작은 돌담에 기대 서 있고
화살나무와 흰말채나무 사이
솔새가 봄맞이로 바쁘다
노을 속에는 먼 길을 밤새 걸어온 매화
부드러운 눈빛 땅으로 앉고
실크로드의 보부상이 골목길에 보따리를 펼치면
갖은 장신구에 매달려온 봄꽃
지갑을 열었다
동그라미가 나비처럼 살포시 일더니
파노라마처럼 빠져나간다
대신 지갑에는
봄꽃으로 가득찼다
차 향이 싱그럽다

찬란한 왜곡

거목은 죽어서도 새들의 집이 된다는데
누가 와서 울어 주면 좋을까
끝도 없이 억울했을까
잎새 하나가
세상을 향해 소리없이 흐느낀다
가로등에 기대서서 대롱대롱 잎새는
밤이 되면
땅바닥에 손수건만 한 그림자로
쉴 새 없는 아우성 차마 볼 수 없어
차라리 지거라 기도 했건만
초록색 골쇄보에서
붉은 차가 만들어지는 밤이었나
그림자 사라지고
보도블록에 평화가 스몄다
잎새는 그대로인데
가로등불이 암흑으로 꺼졌다
사람들은 잎새가 졌다고
했다

❋

베란다 제라륨 더욱 붉고
현관 앞 한련화 색색들이 춤을 춘다

김점숙

전남 순천 출생. 계간 『문파』 신인상 등단. 문파문학회 회원. 시계문학회 회원. 순천 여고 졸업. 한국방송통신대학교 국어국문학과 졸업. 분당에서 입시미술 '사람들' 미술학원 운영. 성남시학원연합회 부회장 역임. 인사동 우림갤러리 개인전. 시계문학회 회원.

공세리의 봄

길 없어 물 따라 멈춰선 십자가
바람결 종소리 흰 목백일홍
뿌리로 내려와 발자국 소리에 땅을 흔들어
성당 앞 느티나무 가느다란 손 키워
아득한 페이지를 넘겨
고운 님 지나온 가시밭길 펼쳐 보이니
어제처럼 또렷이 가슴에 스며드는 구슬픈 노래
바람으로 피어나는 구름꽃 아래 꽃잔디
순결한 발자국 망울 터져 마을이 된다

주머니 속 지도

갈피마다 두고 온 마른 꽃들이 손을 흔들 때
새벽 안개 길
폭풍속 나무처럼 온몸으로 세월의 무게를 견뎌

상처로 가득한 방 알 수 없는 암호만 어지러워
밖을 나서면
바람만 휭하니 움츠러진 어깨가 떨고

기다리는 사람, 간이역도 없는
쓰러진 영혼
잿빛 풍경 위를 떠돌다 지쳐

안간힘으로 찾아낸 황홀한 캔버스
색채만 남아
기억되는 한 점 빛조차 없는 벌판에서 길을 헤매다

해넘이 산마루에 숨이 차올라
붉게 물든 손
멀어지는 구름 손짓해 길을 묻는다

출타 중

멈춰버린
목탁소리 북한강 줄기 타고
벚꽃 따라 흘러 흘러

밤인 듯 안갯속

소쩍새 울음소리
산딸나무
꽃으로 쌓인다

코발트블루(기형도 문학관)

모진 세상 숨결에
무디어간 펜으로 떨어져
그 속에 살아 숨 쉬는
흩어진 빛으로 남아
입 속의 검은 잎
구름 나무 열매로 맺혀
깊은 바다 속 헤매일 때
사진 속 자랑스런 너의 미소 읽어내곤
안쓰러이 쓰다듬는 누나의 애잔한 미소가 흐르고
사무친 그리움 달래는 목소리 아련하여
허공에서 맴도는 애잔한 한 줄기 빛
떠도는 계단 아래
이름 모를 고기떼 헤엄치는 바다 깊다

한 터 숲속

눈길 머무는 구석마다
그대 캔버스, 세상 무대가 되고

나이테 오려낸 그릇들
사랑이 담겨 풍요가 가득

오뉴월 죽순 닮은 아이
손길 기다리던 피아노 앞에서 노래하니

베란다 제라륨 더욱 붉고
현관 앞 한련화 색색들이 춤을 춘다

✳

고요는 나를 잡아당기고
또 잡아당기는 밤

어머니는 통화 중

석   별

박   꽃

명   자   꽃

나   의   밤

이중환

방송통신대 국문과 졸업, 계간 『문파』 신인상 당선. 서울농협 근무 정년퇴직. 시계
문학회 회원.

어머니는 통화 중

저녁 주무시기 전
홀로 계신 어머니와 통화를 한다
목소리가 힘차 보일 때는
나도 따라 힘이 난다
목소리가 힘이 없어 보일 때면
걱정스러워진다

봄이 되어 밭 주변에 봄나물을 뜯어
장날, 유모차에 가득 싣고
일 킬로가 족히 될 장에 팔러 간다
바닥만 보고 다니는
맨몸으로도 겨우 다니는 어머니, 못 말린다
그것도 안하면 무슨 낙으로 사 난다

자식들이 욕심내지 마세요 하면
어머니는 욕심 안 낸다 하지만
팔 나물에 욕심이 가득 묻어 있다
어디서 그런 힘이 나는지
어머니 좌판은 봄나물로 가득하다

빈 유모차 밀고 오셨을 때쯤 전화를 건다
전화는 통화 중이다

한참 지나서 해도 통화 중
이튿날 아침까지도 통화 중이다
어머니 안부가 더욱 궁금해지는 자식들
어머니에 애가 탄다

석별

우윳빛 목련 탐스럽게 피었다

우아한 그 사람 생각나는데

며칠을 못 버티고 꽃잎 진다

떨어진 꽃잎은 슬프다

좋아 보이는 것은

어찌 그리도 빨리 없어지는지

가엾다

박꽃

이슬 맞은 박꽃이

지붕에서 해맑다

달밤의 환한 박꽃은

흰 저고리

어머니가 웃는 모습

은은한 빛이

어머니의 곱던 때

명자꽃

먼 길 떠나보내는 자식
타조목이 되어 이리저리 발까지 옮겨본다
점이 되어 사라질 때까지 바라보는 엄마

나는 골안 명자꽃 있던 둔덕을
눈도 깜짝하지 않고 바라보았다
아무리 둘러봐도 남아 있는 건
내가 찾지도 않는 농사 그루터기뿐
쌀 욕심 때문에 흔적도 없이 사라져서
동심을 울렁거리게 했던 그 꽃은 사라지고
다시 볼 수 없는 서운함만 남아
내가 보듬어야 할 고향 골안이라 해도
이제는 어찌할 수 없는 섭섭골이 되어
명자꽃 그리움만 가득 남아있다

05   **나의 밤**

고요는 나를 잡아당기고
또 잡아당기는 밤

밤의 문을 열고 나서면
소리 없는 내 함성을 지르는 시간

갯바위에
다닥다닥 붙은 따개비같이

수많은 상상의 사연을 싣고
잔잔한 바다로 나아가는 똑딱선이 되어
넓은 바다를 헤매고 다니다가

어쩌다 낚아 올린 고기같이
섬광 같은 울림이 있는 때

그날 밤은
등대 불빛을 만난 것처럼
감사해야 하는 날

※

햇살 비춰진 강의 속살
봄을 입는다

봄 을 　 　 입 다

5 월 의 　 　 햇 살

아버지의 쉔 목소리

　 　 산

작 은 　 　 　 새

정건식

경기 출생. 계간 『문파』 신인상 당선. 동남문학회 회원. 제43회 문파문학(시 부문)
신인상 수상. 제15회 동남문학상 수상. 공저 : 『풍경 같은 사람』 『껍질』 e-mail :
jaizim@hanmail.net

봄을 입다

차디찬 바람 안고 겨울을 걷고 있었다

겨울을 놓지 않는 차가운 얼음장

아스라이 피어오른 물안개 강기슭을 휘돌아

숨 고르는 강

돌멩이 곁, 잠에서 깨어난 수초

햇살 비춰진 강의 속살

봄을 입는다

5월의 햇살

맑은 빛 한 줄기
개울가에 흐느적거리는 부초들 사이로
빛깔 고운 머릿결처럼 내려 앉아있다

풀섶 풀벌레 우는 소리
귓가로 또르르 말려든다

오백 원짜리 동전만 한 붉은 노을
개울가에서 뛰어 논다

봄 끄트머리를 몇 번이고 어루만지며
아쉬운 듯 햇살을 바람에 얹어 논다

5월 햇살을

아버지의 쉰 목소리

"황소야 가자"
아버지의 쉰 목소리에

흰 거품 흙먼지 속으로 뚝 뚝

느릿한 발걸음에 속 타는 아버지

흙먼지와 땀으로 범벅된 주름진 얼굴

바람소리 밭이랑 잠재우로

황소 울음소리 노을 붙잡고

해 질 녘 개울가에 눕는다

04   ## 산

한동안 오르지 못했던 광교산 허리춤
노루목 쪽으로 발길을 돌렸다

새소리 장단 맞혀주고 나무 냄새 줄줄이 마중나온다

콧등 간질이는 나뭇가지 배낭끈 잡고
반갑다고 바람 빌려 고개 숙인다

모처럼 풀잎 내음 깊어진 산에 오르니
이내 마음 산 빛에 젖고

숲을 지나는 바람소리에 가슴속에 맺혀있던 응어리
메아리 속으로 멀어져 간다

⁰⁵ **작은 새**

빛 한 줄기
세상을 헤집으며 돌고 있다

햇살 따라 갈수록 작아져 가는 육신
새가 되어 볕 속으로 내려앉아 날개를 접는다

엉성한 그물망이 되어버린 세월
손질할 시간조차 없는 생의 고초

묶여지지 않은 세상에서 빛 따라가는 작은 새

뼈 마디마디에 새겨진 살아온 날의 문신을
잊혀지지 않는 흔적으로 남겨둔다

✻

베르테르의 슬픈 발자국 밟으며
영혼 앞에 선 붉은 두근거림

그   곳

겨 울 산

눈이 내리네

사랑을 하고 나는 웃고

첫 사 랑

최완순

안양대학교 국어국문학과 졸업. 계간 『문파』 수필, 시 부문 신인상 당선 등단. 사단법인 한국문인협회 회원. 사단법인 한국수필가협회 운영이사 역임. 문파문학회 부회장. 사단법인 용인문인협회 회원. 시계문학상 수상. 2014년, 2019년 경기도 용인시 창작지원금 수혜. 저서: 수필집 『두릅 순 향기, 일곱 살 아이』 『꽃삽에 담긴 이야기』. 시집 : 『네 눈 속에 나』. e-mail : cws4008@naver.com

그곳

서둘러 마른 가지 위에 꽃봉오리 피어내고 있다
꽃술 위 날아드는 벌들의 입맞춤
맑은 태양 아래 무르익는 꽃향기 취한다

구름 같은 세월 등에 업고 바람 부는데
언제 돋아난 걸까 늑골 아래 굳어진 옹이
가끔씩 찾아오는 해충 떠밀며 경계했지만
높은 곳 향해 자꾸만 등 굽어진 생명

가까이 가는 줄 모르고 꽃을 피웠고
가까이 갈수록 황금빛 인생 눈부셨다
그 앞에 서니 낙엽 되는 것을

겨울 산

켜켜이
속마음 드러내지 않을 듯
상처 하나 없는 듯
죽어도 죽지 않을 듯
도도하더니

이렇게 살았노라
흔적 드러내 놓고
노인의 모습으로 서 있다

계절의 장르마다
인생살이 무언으로 연기하고
세월은 나무 사이로 숨어들면
허무를 문신한 듯 하얀 얼굴

저 산
초연히
봄이 오면 새로운 각본 연기하는
재기의 삶이 부럽다

03   **눈이 내리네**

꽃 모자 쓰고 군무 추며
하늘의 경계 지운 당신은
목화 꽃송이 피워내며 내려 오십이다

순백의 꽃잎은 허물을 덮어주는 용서
소리 없는 몸짓은 비움의 속삭임입니다

깊은 밤 나뭇가지에 사분히 앉은 당신을 보면
어눌한 사랑은 사라진 빠른 호흡소리와
그림자 없어진 영상들 되찾아,
목소리 없는 통곡으로 밤을 밝힙니다

당신의 눈물로 봄을 여는 풀뿌리처럼
화합의 문을 여는 무소유의 아름다움으로
생명을 싹트게 하는 희생을 배움이다

밤 세워 오지를 돌아 찾아온 아침
외면했던 용서의 추에 그리움 얹어
생기 있는 만남을 새하얀 종이에 실어 보냅니다

04 **사랑을 하고 나는 웃고**

옹알이하듯 서툰 영어 발음 진지하게 들으며
트로트 가사에 취해 혼 빠진 얼굴 해도
잠에서 일어난 마른 얼굴에 입술 대주며
첫사랑 지우지 않는 열정

젊음의 생기 사라지고

이벤트 없어 심쿵하게 불평 쏟아도
햇살 끌어다 닦아주며
건강하게 웃고 있는 고마움

아직도 동화 속 어린 왕자 이야기하면 들어주고
친구의 밥그릇 황금덩이라 떠들면 웃어주며
훌륭한 여자들 부러워 우울하면
비움의 겸손 일깨워주는 너그러움

일하는 뒷모습 포근히 안아주고
화려한 성격은 아니지만 화려함을 싫어하지 않는
아픔을 침묵으로 위로하는 사랑
당신이 있기에 나는 오늘도 웃습니다

05 **첫사랑**

갓 피어난 노을
수줍게 얼굴 붉히는 들녘
황금 비단 자르르 펼쳐놓은 듯 벼 이삭 영글어가고
논둑길엔 화사한 낮빛 띤 코스모스꽃
아찔하도록 아름답다

그 길 따라 걸어오고 있는
영혼의 빛 소녀
멀리서 다가오는 미소 띤 얼굴 위로
청춘의 문 여는 소년의 가슴은
설렘으로 덧칠되고
그날의 눈부신 첫 마주침
눈 속에 가둬 놓고 사모한다

생각의 끝에 매달린 용기는
산소 같은 그리움을,
그렇게 잠 못 이루는 밤을,
흰 눈이 얼기 전에 한 번은 전하고 싶어
베르테르의 슬픈 발자국 밟으며
영혼 앞에 선 붉은 두근거림

싸리 눈은 날리고
멀어지는 소녀의 미소
두 번의 미소는 오십 년이 지나도 가슴을 뛰게 한다

✸

혈류를 타고 가까스로 넓어져 가는 새벽
영혼이 하늘을 가르며 모여든다

아 버 지 빨 랫 줄

4 월 의   바 다

고 목   소 리

도   배

한   남 자

김은자

계간 『문파』 2019년 신인상. 계간 『문파』 회원. 시계문학회 회원. 충남 연기 출생.
저서: 공저 『기연』 외 다수. e-mail : anka210@hanmail.net

아버지 빨랫줄

양은 솥에 푹푹 삶았을 누런 수건
사막에 묶인 빨랫줄에서 얼었다 녹았다
비바람 불어 토끼 무늬 귀 사라진 수건 귀퉁이에
굽은 등 펴고 너덜너덜, 해진 손끝 문지르는 아버지
휘청거린다
젖은 한쪽 눈으로 신음조차 희미한 빨래집게
참새 떼 몰려들어 부서지는 속 헤집어
찌르고 달아나는 날이면
아슬아슬, 한 가닥씩 끊어지는 빛바랜 빨랫줄
아버지와 밤바다를 헤맨다.

4월의 바다

할머니 흰 허리 위
동지섣달 추위 꼿꼿하다
모래 휘적휘적 헤집으며
'안 나와 ! 가야것어'
엉덩이 치켜들다 털썩, 신음 소리 파도가 물고간다
어쩌다 끌려나온 모시 조개 얼굴 유년이다
닳고 닳아 반 토막 난 호미, 모래 젖히는 곱은 왼손

가슴 밑바닥 훑는다
밀물 썰물처럼 창백한 아우성 품고
홀로 다섯 남매 키워 육지로 보냈다
몇만 번의 고독한 호미질
석양도 흐리다
'내일 첫배 타고 보령 오일장에 나가 팔아야
혼자된 손자 생일상 차려 주는디.'
끼륵끼륵
갈매기에게 토해낸 젖은 말
빈 집으로 돌아서게 하는 건
부슬부슬 비 내리는 어둠

해진 손톱으로 더듬고 간
할머니의 긴 모래밭
칼바람이다.

03   **고목古木 소리**

고목 속
불면의
구멍 뚫린 소리
철퍼덕

심장 주저앉는 외침
쿵쿵
곧은 가지 떨어지는 울림
한겨울 *
매맞는
굵은 바람 소리

창문에
철렁철렁 매달려
부르짖는다

깊고 깊은 뿌리
발 뻗는 소리로
나는, 언제 뜨거워질까.

도배

빙산처럼 무너진 아픔
한 모금의 숨 삼키고
움켜쥔 손 오므렸다 폈다
밤낮 창가를 서성이다가
가끔 머무는 아들 방 벽에, 머리와 두 손 맞대고

울음을 삼키는 아버지
불덩이 세월 하나, 둘 내려 먼지 닦는다
온갖 소음 들리는지
벌떡 일어나 강물 스며든 벽지, 살점 떼어내듯 찢는다
바닥에 쌓인 어린 시절 종이비행기 날갯짓
면회 금지 격리병실로 날아간다
짊어진 삶의 무게에 눌려
뿔 세워 살피지 못한 미안함일까
가까이 또 멀리 생명처럼 고른 도배지
피눈물, 땀 한 바가지 섞어 쉼 없는 붓질
하루종일 내란을 일으킨다
혈류를 타고 가까스로 넓어져 가는 새벽
영혼이 하늘을 가르며 모여든다.

늑골 아래 숨겨둔 숨 몰아쉴 때
방 안 가득 불빛켜지고
창공을 향해 달려갈
독수리 한 마리
봄을 머금고 있다.

한 남자

팔장 낀 마른 나뭇가지 위
함박눈 쌓이는데
퇴직 감사패와 꽃바구니
무르익은 길 헤아린다
38년 세월
자지러질듯한 태풍도, 햇살도 받아낸 시간
쌓인 눈 속에 묻고 있다.
삶은 계란 벗기듯
천천히 지난 일들 굴린다
창밖을 보며 -

십미터를 더 뛰기 위해
발바닥에 굳은살 박혔다
해야 할 수많은 단어
산처럼 높고 많아
목소리 잠긴 가장
어제도
그제도
이 새벽
저토록 두근거리진 않았으리

한 남자

눈 속에 묻어둔 씨앗 싹트면
산골짝 싸리문으로
곡조 있는 바람 되어
넘나들기 원한다.

✦

기도하는 마음으로 빚어내는
일곱 빛깔

무 지 개 다 리

술 래 길 여 정

풀 꽃 생 각

해 솔 바 람

하 늘 담 쟁 이

이종선

제45회 계간 『문파』 신인상 당선. 문파문학회 회원. 창시문학회 회원.

무지개다리

언제나 목마르게 곱하여
몇 번이고 되새김질하는 황소는
새벽별 바라보며 씹고 씹어 삼켜도
이룰 수 없는 만남 아프다
바람과 구름 같이 묻어가는 일상으로
두루 살펴 견디면 좋을 것을
구름 뒤에 숨어 아등바등 끌고 끌려온
너와 나, 무지개다리 위에서
풀잎이 전해주는 아픈 숨소리 풀어내고
새벽별 바라보다 콩닥이는 심장 소리 삭이며
가볍게 그 길 걸어도 나쁘진 않을 것을
사랑한다는 것은
노련한 손끝으로 하나하나
바둑알 옮겨놓는 모험 놀이와 같아
그대 활짝 웃으며 달려오는 세월의 늪에서
기도하는 마음으로 빚어내는
일곱 빛깔 아름다운 반란의 기적

술래길 여정

섬돌 밑에 슬피 우는 귀뚜라미
떠도는 구름 바다 위에 눈썹달 띄워놓고
사공 찾아 기웃대는 술래의 눈빛 서글퍼

갈대 서걱서걱 우짖는 강돌에 앉아
팔베개 베고 누워 콧노래 부르던
가슴 아픈 그 사랑 어디쯤 있는지

가을 하늘빛 우수수 쏟아지는 한숨소리
듣지도 바라보지도 못하는 달빛 그늘에서
그림자 숨고 찾으려는 술래길 여정에

뭉글한 구름 위에 스산하게 흐르는 그 마음
한 번도 생각하지 않은 적 없는데
황혼길 돌아누워 눈물만 훔치는 그대는

풀꽃 생각

봄 내음 가득 안고 날아오르는 팔랑 나비
풀잎 사랑 소소히 기다리는 수암골 내천에
비늘 물살 헤치다 지쳐 아프게 가슴이 울면
아픈 그리움 풀어 마시며 잠들어 있을
파랭이 민들레 할미꽃 머리 위에 내린 이슬 눈빛 영롱해
창틈으로 보이는 황새울 다리 밑 저편에
호롱불 손에 들고 기다리는 그대가 보여
아직도 꺼지지 않는 푸른 별빛 아래서
비틀린 몸짓 흔들며 손짓하는 버들개비
늘어지게 기다리다 힘들어도 그 눈빛
아련히 내 길 비춰주는 그런 사랑이고 싶어
새벽 별 흐르는 숲속의 호수에 깃털처럼 누워
무지갯빛 구름 비집고 햇살 비추이는
은수 계곡 바람소리 솔솔 정담스런 이야기에
손 잡고 오롯한 사랑의 고운 색깔 풀어가며
영란 산자락 푸르고 짙푸르게 색칠하고픈데

해솔 바람

하늘공원 억새밭에
나지막이 깔려 흐르는
물구름에 누워가는 자주색 방울꽃
서걱서걱 스쳐가는 억새 바람 따라서
새벽별 바라보며 미소만 짓는데
그대 아직은 영글지 않아
눈 졸음 꾸벅이는 거울 속의 그 모습
오롯이 무릎베개 베어주고
가슴 토닥이며 바라만 보다가
출렁출렁 심장 소리 흐르는
초원의 달빛 아래
합장하고 빌던 그대 기다리며
시간 위에 시간을 더하고 빼다가
긴긴 가을날
추녀 끝에 매달린 빗방울처럼
툭툭 시침 위에 떨어지는 아픔들
초침 위에 걸쳐 앉아 돌고 도는
당신은 아시는지

하늘 담쟁이

잊은 날들의 향기 아득해
타이어에 끌려가는 시공 들여다보다
뭉글뭉글 올라오는 사연 바닷물에 풀어
코끝으로 더듬어 비상하는 외기러기

별빛 흐르다 머무른 창틈으로
다문다문 피어난 영란 꽃 시들어 가는데
서러운 듯 아리하게 참선하는 산사의 목탁 소리
꿈길 가르는 풍경소리 선잠 앗아가는데

산소 같은 오월의 빛살 어우러진 숲
벗어나지 못하는 무지(無知)한 세월의 늪에서
활처럼 굽은 등어리에 걸친 주마등 저 멀리
그대 영영 그리 묻어가려는지

울 밑 담쟁이는
하늘만 바라보는데

문파대표시선41인
시 인 소 개

 지연희

 박하영

 전영구

 장의순

 김안나

 백미숙

 한윤희

 최정우

 김태실

 서선아

 양미자

 전옥수

 양숙영

 허정예

 임정남

 이규선

김좌영

김옥남

박진호

부성철

채재현

조영숙

이춘

김경명

김문한

김건중

김용희

정정임

원경상

김광석

윤정희

심웅석

문파대표시선41인
시 인 소 개

MUNPA

장선희

윤영례

윤복선

김점숙

이종환

정건식

최완순

김은자

이종선

2019

문파
대표
시선

41